海上警事

李 动 著

上海书店出版社
SHANGHAI BOOKSTORE PUBLISHING HOUSE

序言

以最受欢迎的方式联系警民

陈　村

认识李动因为我是作者，他是编辑。身穿警服的他是个"文官"，几十年来编辑《人民警察》杂志。记得以前多次去绍兴路的编辑部，很高兴见到他和同伴，还常见到一线的刑侦队侦查员，那些破案故事扣人心弦。作家协会曾两次组织我们去刑警803参观，招待我们的是解剖尸体和实弹打靶，辨认缉毒缴获的各种毒品，很惊悚的经历。李动作为他们的战友，自然听得更多，采访更多。

日前，李动发给我一个文件包，是他的新作，一本非虚构的集子。深夜翻看，一部分是1949年新旧政权更替这特殊时期的一些重要事件，另一部分是跟文艺相关的内容，包括他供职的《人民警察》杂志始于1949年的历史。文字之外附有图片，使得读来更加有味道。

集子里的故事从1949年共产党接管上海这座城市写起。李动采访了新政权的首任上海市公安局局长李士英先生。有些事情我在别的文章中看到过，但李动的文章有更多的细节。更生动。例如，37岁的李士英带领1600多名公安干部向上海进发。解放军官兵除了在淮海路的人行道上席地而睡，还有数百人打地铺睡在交大的室内篮球场，其中包括中共华东局社会部副部长即后来的上海公安局长李士英。

数字常常比文字更有冲击力，我留意他记下的一些数字，如：旧警察局长毛森在逃跑前夕命令枪杀9名中共地下党员和国民党投诚人员。在14000个旧警察中，潜伏600多名地下党。有8名旧警察为鸽子而留任成为"鸽警"，最多时养过2000羽信鸽以补强缺乏现代通信设备的短板。用鸽子传信飞吴淞、飞崇明岛确实是好主意。1949 年 6 月 10 日，经毛泽东批准，上海军管会以一个营的官兵分乘 10 辆大卡车武装包围证券大楼，12000 名工人和学生协助封锁交通，上海证券市场应声被查封，金融和市民生活趋于稳定。1949 年 7 月 28 日，上海市人民政府公安局公布《管理妓院暂行规则》。同年 9 月，上海有 1334 名妓女。公安局长走在福州路上，不时有妓女来拉客，甚至帽子也被抢走（黑话叫"抛顶宫"）。我只能说个大概，欲知后事，请看本书。读完那些夹杂数字的文字，李动生动的描述让我们对已远去的上海有更多的感觉。

书中用重墨记录了最早的一起腐败案。25 岁的南下干部欧震进城后当上民警，仅仅十多天就敲诈勒索，诱奸国民党军官的姨太太并进而同居。书中有陈毅市长批复的影印件，四个惊心动魄的大字：同意枪毙。执行后的第二天，《解放日报》公布了欧震罪行，并发表《革命纪律不容破坏》的短评，显示初生的政权反腐的决心。

书的后半部分较为轻松，李动采访了当年热门电影《今天我休息》中民警马天民的扮演者和人物原型马人俊，采访想拍出中国"神探亨特"的孙道临先生，记录为东方神探端木宏峪塑像的前因后果，记录"我在马路边捡到一分钱"手稿的故事，纠正违章先敬礼的起源，"东方 110"节目组的创业，影迷硬要爱上演员陈冲的让人哭笑不得的故事。他生动的记述，让我们对公安工作，对这城市的历史和市民有更多了解。

上个世纪，我曾为李动的一本集子写过个短序，这次很荣幸有机会写下上面这些文字。我两次代为写序的朋友仅他一人。李动待人真诚，眼光敏锐，勤于思索，文笔晓畅。他虽然不在公安的第一线，但他的编辑工作是重要的，以最受欢迎的方式联系警民。他业余写成的那几百万字作品也是重要的，用事件和案例深入探讨人性，认识社会。期待他写出更多更好的大作。

目录

接管上海旧警察局帅印

那天，我买了水果和营养品来到东单北京医院探望李士英老。走进病房，只见一位面容清瘦、精神矍铄、白发萧然的老人坐着轮椅上，李老听说我是上海市公安局《人民警察》杂志社的记者，特别高兴，笑容满面地缓缓站起，伸出颤抖的手。我握着那双布满老年斑枯瘦的手，心里顿生沧桑之感。想当年，他在上海特科活动时，身手是那样的敏捷；接管国民党上海警察局的帅印时，又是那样的英武潇洒。

寒暄了几句，李老便神色凝重起来，思绪仿佛穿过历史的烟云，回忆起了接管上海市旧警察局的往事。

1949 年 5 月 12 日，人民解放军以秋风扫落叶之势直逼上海，解放军开始对上海外围实施攻击。23 日又发起了总攻。27 日，上海完全解放。经过 16 天的浴血奋战，上海战役共歼灭 15.3 万多敌军。

作者与李士英合影

1949 年 5 月，对李士英来说是令人激动而又铭心刻骨的岁月。那时，37 岁的李士英身着土布黄军装，胸佩标记，腿扎绑带，腰别手枪，带着 1600 多名公安干部精神振奋地进驻大上海，接管国民党上海警察局。

为了迎接辉煌的这一天，李士英与部下准备了一年多时间。

1949 年 5 月 25 日晚，在丹阳待命的公安部队接到了进驻大上海的命令，中共华东局社会部副部长李士英与杨帆等领导（部长为陈赓，未到任）立刻率 1600 多名公安干部冒着隆隆的枪炮声，乘坐闷罐子火车奔赴上海。

火车冒着浓浓的黑烟在开满金色油菜花的田野里飞驰，车厢上虽然弹痕累累，但车上红旗飘扬，歌声嘹亮。一路上，火车开开停停，最后队伍在夜色中的上海真如站下了车。队伍分乘军用大卡车向上海城里进发。一排排大卡车开着大光灯，犹如一条长长的火龙，浩浩荡荡地驶进了徐家汇的交通大学。

上海市警察局

当晚，秘书安排李士英在办公楼的小间就寝，但他摇着手道："听说攻城的解放军都露天睡在淮海路上，我们能住在房子里已经很不错了，怎么能图享受？"当晚，李士英来到战士们住宿的体育馆室内篮球场，在几百人睡的大通铺的角落里觅了个床位，与大家一样席地而睡。

刚到交通大学安顿下来，李士英副部长顾不上旅途劳顿和吃饭，脱下黄军装，化装成市民来到夜色朦胧的大街上。那时的徐家汇尚属偏僻地段，街上散落着弹片纸屑，颇为凄凉。马路上车辆零星，行人稀少，沿街的商店大多上着门板或虚掩着门，店主不时地偷偷向外张望，上海的夜晚还笼罩在战争的硝烟和恐怖中。

因几天来连续下雨，马路上积水过膝。李士英坐的美式吉普车只能淌着水缓缓而行。小车摸黑找到了上海旧警察局中共地下党委（简称"警委"）书记邵健同志家。

邵健，这位长期战斗在敌人心脏的山东汉子见到李士英副部长后，犹如在黑暗中徘徊了许久

上海市人民政府公安局成立时的旧址

的游子，突然见到了想念已久的母亲一般，紧紧握住李士英的手激动不已，禁不住泪水长流，千言万语，尽在一握之中！

邵健兴奋地告知李士英："5 月初，我和警委副书记刘峰、苗雁群等警委负责人秘密油印了 2000 多份解放军布告和警告信，分别寄给了局里的警务人员，敦促他们认清形势，停止作恶，这些警告信在上海警察局内部引起了极大震动和恐慌。"

李士英伸出大拇指夸奖道："干得好！"

紧接着李士英问道："那个警察局长现在是什么态度？"

邵健汇报道："我们的地下党员肖大成等同志已打入了国民党警察总局的核心，现已成功地争取了警察局代局长陆大公弃暗投明。接管之前，我们通过地下党员已对那里的情况摸得一清二楚。"

接管上海旧警察局帅印

李士英认真地听罢介绍连连点头，高兴地称赞道："好！你们干得好！这样我们就可以做到知己知彼，百战不殆。"

　　李士英又道："陈毅司令员让我传达他向你们的问候，并指示接管警察局以后，要稳定留用人员，尽力维护好上海的社会秩序。"

　　邵健激动地说："谢谢陈老总的关切，我们一定协助你们搞好上海的社会治安。"说罢，邵健随意地问道："李部长，你吃晚饭了没有？"

　　李士英笑着说："没顾得上。"

　　邵健赶紧让妻子下了碗面条。李士英边吃边与邵健谈至深夜。

　　5月26日，梁国斌、李士英和杨帆副部长等领导在上海交通大学操场上召开了南下干部与旧警察局地下党员会师大会。

　　主席台设在图书馆前，典雅漂亮的巴洛克式建筑上红旗招展，格外漂亮。古色古香富有西欧情调的建筑与葱茏的老樟树，以及一片绿色的草坪和谐统一，异常美丽。

　　李士英副部长以上海军管委员会公安部长的名义走上了操场临时讲台，望着红旗飘飘、飒爽英姿的队伍，他心情激动地对着话筒朗声道："今天是个特殊的日子，是南下公安干部和上海警察局的地下党员汇合的日子，这标志着上海旧警察局的灭亡，新警察局的诞生。"

　　台下海浪一般的掌声。

　　李士英又大声说："解放前夕，为了配合上海解放和接管国民党上海警察局，上海警察局的地下党员们不顾个人危险，作出了巨大努力和卓越贡献。首先请上海警察局地下党委书记邵健同志向大家汇报。"

　　邵健走上主席台，心情激动地汇报说："在国民党上海警察局的1.4万名旧警察中，我们潜伏下了600多名地下党员。5月初，我们警委几位负责人秘密油印了2000多份《中国人民解放军布告》和警告信，迅速寄给了市局和各分局的警务人员，敦促他们认清形势，停止作恶，这些布告和警告信犹如一颗重磅炸弹在上海警界的后院里发生了爆炸，引起了极大震动和恐慌。我相信这些工作对我们接管上海警察局一定会取得积极的作用，我们一定能够顺利地接管上海警察局。"

邵健的汇报迎来了一阵热烈的掌声。

李士英副部长充满激情、声音宏亮地大声道："上海警察局地下党员们为了党的事业，深入虎穴，战斗在敌人的心脏，机智勇敢，出生入死，不顾个人安危坚持斗争，工作很有成效，为接管警察局创造了很好的条件，让我们用热烈的掌声再一次对他们的出色工作表示衷心的感谢！"

李士英副部长的高度赞扬，使许多"警委"的同志激动得热泪盈眶。

李士英接着要求道："上海地方的同志对情况、业务熟悉，有着丰富的经验，南下的公安干部要谦虚谨慎，好好向地方干部学习。"

他的讲话不时引起了阵阵掌声，最后李士英副部长庄严地发出了接管国民党上海警察局和各分局的命令。

连续几天的暴风雨把这座繁华奢靡的城市冲刷得干干净净。28 日的清晨，大雨过后，天空一片湛蓝。队伍出发时，天上下起了牛毛细雨。

上午 8 时许，中共华东局社会部梁国斌、李士英、杨帆三位副部长率领接管人员雄赳赳、气昂昂地向上海福州路 185 号国民党上海警察总局进发。

福州路 185 号是国民党上海警察局的总部，曾是迫害共产党员的老巢，是镇压人民的魔窟。那里的每一间房间、每一扇窗口无不充盈着共产党人、民主人士的惨叫和呐喊，充满着国民党刽子手的罪恶与血腥。

1949 年 3 月，国民党上海市警察局局长、特务头子毛森，就是在这座大院的北部五楼的局长办公室里，先后下令逮捕了 3000 多名共产党员和仁人志士，并杀害了其中的 300 多人。

5 月 7 日深夜，毛森根据蒋介石亲自批示"坚不吐实，处以极刑"的命令，将长期潜伏在上海的中共地下电台站的功勋情报员李白、张困斋、秦鸿钧和交通大学的中共地下党员穆汉祥、史霄雯等人杀害。

5 月 24 日晚，毛森逃跑前夕又丧心病狂地在这里下令，在南市看守所秘密屠

接管上海旧警察局帅印

杀 130 多人。

上午 9 时许，两辆美式吉普车在国民党上海市警察局大院前戛然而止，20 多名身着黄色军服的接管人员荷枪实弹地随接管领导纷纷跳下车，他们见一面白旗赫然悬挂在大门口，大门两边还堆放着许多沙袋组成的防御工事。接管人员神色严峻地昂首阔步进入大院，早已有地下党员在门口迎接。只见四周高楼的窗洞里，一些人手持大小不一的小白旗，伸出胳臂向接管干部高喊："欢迎解放军！""欢迎解放军！"

梁国斌、李士英、杨帆等接管干部不断地向大楼里探出头来的人员挥手致意，然后，他们一起来到大楼北楼，直接乘电梯来到五楼旧警察局长的办公室。

接待他们的是上海市警察局原办公室人员冯鸿顺，他也是地下党员。老冯热情地与来者一一握手。待接管人员坐定后，邵健到隔壁房间叫来了国民党警察局代局长陆大公。

身着旧警服的陆局长恭恭敬敬地走进来，一个立正举手敬礼，待几位接管的领导坐下后，他毕恭毕敬地大声道："报告长官！几天前，国民党警察局长毛森听说解放军已打进了上海，他慌慌张张地于 24 日晚，带一帮亲信狼狈逃走了，现在我代理上海市警察局长接受共产党的接管。"

李士英副部长代表接管人员严肃地问："现在警察局里的情况怎么样？"

陆大公谦恭地道："我随时准备下达接管的命令。"

陆大公说罢，又赶紧解释说："几天前，毛森召开了紧急'应变会议'，他在会上宣布：由我代理上海警察局局长。他逃走那天对我交待说，我们先走了，共军马上要进城了，上海的社会秩序维护现状。临走，他又回过头来斜眼意味深长地说，我早知道你与共产党有联系，本想枪毙你的，但为了维护上海的秩序，饶你一命，你等着共军进城吧。毛森交待完后又命令将楼下拘留所里关押的沈鼎九、施南岳等 9 名地下党员和国民党投诚人员全部枪决，我当时只能眼看着他们被拉出去枪决，无力营救，甚为遗憾。"

李士英副部长听罢黎明前夜又牺牲了 9 名自己的同志，心里猛地一颤，锥心般地难过。

他严肃地向陆代局长宣布道："现在我代表共产党接管国民党上海市警察总局，我命令你向总局和分局下达命令，一律下白旗，无条件投降，欢迎军管会代表进驻接管。"

陆大公又是一个立正，敬礼："是！长官！"

陆大公介绍完情况后，将国民党上海市警察局的印章郑重地交给了李士英副部长。

李士英副部长接过大印后，鼓励陆大公道："陆大公先生率领警察局全体人员向人民解放军悬挂白旗，交出了警察局印章和枪械，保存了文书档案，这一系列行动，我们军管会公安部深表欢迎，我们决定请陆先生留任上海市人民政府公安局当顾问，配合我们继续做好公安局的各项接管工作。"

陆大公激动地紧握李士英的手，连连点头欣然接受。

陆大公又按照李士英的要求，马上通过电话给旧警察局各部门和分局上峰发布了服从共产党接管的命令。

当天下午，李士英与杨帆副部长又召集了总局各处、室的旧警察代表和接管各处、室的人员，在八楼会议室召开了大会。杨帆副部长主持会议，李士英副部长首先向旧警察的头头脑脑们宣布了《约法八章》。

宣布后，李士英情绪高涨地说："上海已经成为人民的城市，上海人民政府将成立新的公安局，它将是保卫城市、服务人民的公安局。希望各级人员服从命令，办理好移交，共同做好管理工作。除劣迹昭著为人民所不容者外，凡愿意继续留任供职的，我们一律欢迎，并分别录用，给予工作的机会，给予生活出路。"

最后，李士英副部长宣布说："留用人员必须遵守纪律，一律服从接管干部的命令，刑侦、治安、交通、消防等各部门一律维持现状，谁违反规定就拿谁是问！"

接管后的第六天，即1949年6月2日，上海市市长陈毅庄严地宣告：上海市人民政府公安局于今日成立，任命李士英同志为上海市人民政府公安局局长，

接管上海旧警察局帅印

任命杨帆同志为上海市人民政府公安局副局长。

李士英局长神情凝重地从陈毅市长手中接过任命书，在热烈的掌声中，他激动地表示："一定不辱使命，为稳定上海这个大都市的治安秩序呕心沥血，鞠躬尽瘁！"

大会毕，李士英大步流星地来到局长办公室，开始履行共和国上海首任公安局长的职务，他站在宽敞明亮的办公室里，望着窗外鳞次栉比的高楼大厦上飘扬的红旗，一种神圣庄严的使命感油然而生。

第一任上海市人民政府公安局局长李士英

金融界的淮海战役

一

　　这是一场没有硝烟的战斗，对上海乃至全国的金融业和经济可谓意义重大，它关系到上海的金融秩序和国计民生的稳定，甚至是新生政权的巩固。这场战斗被陈毅市长誉为金融界的淮海战役。

　　随着东北全境的解放和淮海战役的胜利，解放全中国的进度大大提前，面对迅猛发展的形势，党中央开始考虑建立自己的金融机构，来稳定解放区经济和新中国成立后的经济建设。

　　国民党统治时期的上海聚集着中央银行、中国银行、交通银行、中国农业银行等官办和私营银行共 48 家，其吸纳存款总额高达全国的 76%。接管上海的金融业，稳定上海的金融秩序，对于新生的人民政权来说，就意味着控制了全国的金融和经济命脉。

银元贩子在街上买卖银元

反对银元投机游行

1948 年 12 月 1 日，中共中央正式宣布成立中国人民银行，统一发行人民币，以代替各根据地和国统区的钱币。

1949 年早春二月，解放军重兵压境，渡江战役即将开始，党中央和华东局考虑到上海是全国的金融和商业中心，又是人口最多的大城市，上海还有许多外国企业和外国银行，以及诸多的外国人，所以稳定上海的金融和商业是解放上海后的头等大事，为此，华东局所属的北海银行根据华东局领导的指示，在济南把东北、华北、华东各解放区印钞厂印制的人民币和人民币票样，一俟上海解放，便集中调运至上海。

1949 年 5 月 27 日上海解放，当天清晨 6 时许，解放军战士押运的 8 卡车人民币从丹阳运至外滩的中国银行。与此同时，上海市军管会金融处接管组办公室接管了外滩 6 号原国民党政府中央印制厂总管理处。5 月 29 日，原中央印制厂的印钞机又开始转动，人民币像雪片似的纷纷落下装箱。第二天，中国人民银行将赶印出来的人民币迅速投放上海市场，从此，人民币开始在这座亚洲最大的金融中心流通。

然而，人民币进入上海的市场并不一帆风顺。上海解放的第二天，因战火而关门的那些证券字号的商人见大街上平静后又渐次地悄然复业，投机商们故态复萌，也不管共产党已接管了大上海的金融系统，他们打着经营证券的幌子，非法进行金银外币的投机买卖。这些投机商排斥人民币，哄抬比价，从中浑水摸鱼，投机倒把，大发横财。

投机商甚至公然扬言："解放军能打进上海，但人民币却进不了上海。"一些不法商人的行为严重扰乱了上海的金融秩序，导致市场物价暴涨，小贩们也跟着起哄抬高物价，引发了市民的生活波动，进而影响了社会的稳定。

当时，人民币与银元的黑市比价从 5 月 28 日至 6 月 8 日的十天内，由 100：1 飞升至 2000：1，上涨了 20 倍。金银价格的暴涨又刺激了物价的直线上升，10 天内，大米、面粉、食油等生活必需品的价格相继上涨了 3 倍，引起了上海市民的恐慌，米店排长龙抢购大米，街头巷尾到处是贩子的叫卖声："银元要哦？"

为了制止金银外币投机活动和稳定市场物价，上海市军管会在各大报纸上发布了通告：勒令上海证券交易所立即停止活动。

6 月 6 日，根据上海市人民政府的命令，人民银行抛出银元一万枚，以稳定市场物价；同时从解放区调进大批"一黑二白"（煤炭和大米、棉布）投放市场，然而，这些东西投入市场犹如泥牛入海，连浪花也未掀起，就被淹没在投机的狂涛之中。

上海滩的严峻经济态势表明，单纯的舆论告诫和经济措施已难以制止金融投机的强劲势头和物价飞涨。

二

6 月 7 日晚，新生的上海市人民政府召开紧急扩大会议，会议由邓小平主持。上海市副市长兼财经接管委员会主任曾山通报了金融投机分子对抗军管会，肆无忌惮地进行金融投机，扰乱金融秩序的严重情况，最后他神情严肃地指出："如不采取断然措施，不出一个月，人民币就有被排挤出上海的危险，上海的经济就会出现失控的局面。"

经过热烈讨论，与会者一致认为"擒贼先擒王，打蛇要打头"，欲遏制非法买卖金银行为，稳定物价，必须首先查封投机倒把的老巢上海证券大楼，只有捣毁了投机活动的大本营这个源头，才能遏制经济上的狂涛浊流。

会议决定这次行动由上海市人民政府公安局抽调力量具体执行，将拘押处理的犯罪嫌疑人由华东财委会金融处提出名单交公安局执行。

最后，陈毅市长朗声总结道："大家一定要把这次行动当作经济战线上的淮海战役来打，不打则已，要打，就要一网打尽！"他做了个潇洒有力的手势。

会毕，李士英局长回到办公室已是子夜，他推开落地钢门来到阳台上，一阵凉风吹来，使他感到浑身凉爽。他抬头望着外滩高楼大厦上的霓虹灯不断闪烁，心里明白打这一仗不同于大炮机枪有硝烟的战争，而是要靠智谋取胜。他敏感地意识到解放上海的硝烟尚未散尽，一场新的特殊战争正悄然拉开了帷幕。

上世纪30年代在十里洋场的战斗生活经历告知李士英，这些投机分子的阴险与狡诈，他们的关系盘根错节，信息灵通，善于应变，而将参加这场战斗的公安民警却大都来自农村，他们有着丰富的战斗经验，不怕艰苦，不怕牺牲，让他们面对机枪大炮，他们无所畏惧，冲锋陷阵，但是让他们面对证券大楼的地形地貌和投机分子的狡诈伎俩，他们还很陌生。

凝望着这座星罗棋布的不夜城，李士英局长双手捋了一下头发，心里又想到这次行动必须严守机密，不让投机分子嗅到一点风声，以免打草惊蛇，否则，将会前功尽弃。

"当当当"，外滩海关大楼上传来了低沉的钟声，已是深夜12时了，但李士英局长没有一点睡意。他在想这次行动与钱打交道，我们的民警过去都是和军人打交道，而现在的对象却是商人，而且是与投机商人打交道，倘若稍有不慎就会授人以柄，有口难辩，所以行动中还必须严格遵守纪律，以免节外生枝，谣言四起。

李士英局长想得很细致，也很具体。深思熟虑后，他回到办公桌前便开始制定查封证券大楼的周密计划，不知不觉丝丝缕缕的曙光已透进窗口。

李士英局长长期从事特科和保卫工作，对证券这类经济方面的知识不甚了解，但他心里明白，现在解放了，必须学习经济方面的知识。

李士英一个电话叫来了治安处处长刘少傀，深有感触地说："现在解放了，我们共产党掌管了政权，不能只管治安，而不懂经济。不懂经济不要紧，关键是边干边学。你去仔细了解一下证券是个啥玩艺？证券市场具体是干什么的？"

刘处长与李局长一样，也是老八路出身，对这些经济上的名词也解释不清楚，他通过询问，很快弄懂了一些证券方面的术语和情况。

当天晚上，刘处长来到李士英局长办公室汇报："我请教了一下，证券就是有价证券，这玩艺是根据股市行情的涨跌来确定手里股票的价值升跌，证券市场就是买卖股票的场所。现在关键的问题是那些不法商人在人为地操纵股票。大街上为什么买米排长队、商店里为什么不收人民币、物价为什么不断上涨？听说它的源头就是地处福建中路、汉口路上的那家上海证券交易市场。在国民党时期，由于时局动荡不安，证券失去了信誉，设在上海证券大楼的上海证券交易所，已演变为金银外币投机活动的场所，证券交易所在解放前已自动停业。"

李局长记下了刘处长的话，点点头似有所悟。

第二天一大早，李士英局长便打电话给市局供给处长吴濂："你立刻去买几十套西装、衬衫、领带、皮鞋等装备，今天一定要办完。"

吴处长放下电话颇感纳闷，李局长一向教育我们到了大城市要保持艰苦朴素的优良传统，要从衣着吃饭这些小事上注意防止变化，怎么突然带头讲究起来了？还要买这么多西服，到底是干什么用啊？

待下午开会时，满腹疑虑的吴处长方知要查封上海的证券大楼，取缔非法交易，是让穿黄布衣的"老土"化装成商人，悄然进入证券大楼来个一网打尽。

李局长传达完上海市人民政府的会议精神后便布置任务，由刑警处长马乃松、刑二科科长黄克带领部分便衣先期进入证券大楼摸清情况，熟悉地形。对证券大楼设有证券字号的五层楼面各组织一个大组，按房间成立小组，每组三人负责搜查。

布置完具体任务后，李局长神情严肃地特别强调了两条纪律："一是严守秘密，绝不允许泄露机密，甚至是老婆和孩子；二是告诫同志们必须做到'五个不准'，即行动中不准开枪，不准打人骂人，不准擅自放走一人，不准携带个人钱款物品进入大楼，出来时不准藏带任何物件，一切缴获全归公。不管是谁违反了纪律，一律严肃处理。"

李局长说罢，语重心长地解释道："这不是我李局长不信任大家，而是爱护大家，瓜田李下，以免节外生枝，被坏人利用欺骗老百姓。"

三

6月9日，党中央、毛泽东主席批准了华东局关于查封上海证券大楼的决定。

6月10日上午8时，查封证券大楼由上海市军管会下达命令，上海市人民政府公安局具体执行。

6月10日上午，素有"中华第一街"之称的南京路与往常一样，鳞次栉比的高楼上，大广告牌上搔首弄姿的美女异常耀眼；清脆悦耳的"当当当"有轨电车载着牙膏广告和乘客穿行而过；五彩缤纷的橱窗前，时髦的红男绿女行色匆匆……

坐落在繁华南京路附近的汉口路上那座证券大楼像往常一样，一大早就熙熙攘攘，人声鼎沸。那些赚红了眼的投机分子早早来到大楼内，都想抓住机会再赚上一把。于是，证券交易在嘈杂声中开盘了。

此刻，身高精干的李士英局长一身西装，风度翩翩，与平时身着土布军装的他简直是判若两

▲ 旧上海证券交易所旧址"证券大楼"（今汉口路422号）

证券大楼（现汉口路422号）

人。他与华东警卫局副旅长刘德胜、参谋长刘春芳和刑侦处长马乃松谈笑风生地走进了证券大楼，400 余名身穿便衣的民警也先后悄然地进入证券大楼，按预定的分工各就各位，迅速控制了各个活动场所和进出通道。

上午 10 时，华东警卫局一个营的官兵分乘 10 辆大卡车奉命到达，立即对证券大楼实行武装包围和警戒各个楼层。

李士英局长在四楼的一间办公室里坐镇指挥，两名便衣把守在门口。

《解放日报》6 月 11 日对查封证券大楼行动的报道

不时有战士前来一个敬礼："报告！发现一个商人不但身上藏有大量黄金，还从其身上搜出了两支手枪，如何处理？请指示。"

李士英局长果断地发出指示："先扣押起来，查明身份，听候处理。"

小战士又一个立正敬礼："是！"

刚出去，又进来一位小战士敬礼："报告！有个投机倒把者自称他的亲戚是军管会的领导。"

李士英局长也不问其亲戚姓甚名谁，干脆地说："不管他的亲戚是谁，只要他参与投机倒把同样处理。"

李士英局长不断地针对新情况果断地发出指示，并不时地抓起那架摇把子电话，向等候消息的陈毅市长汇报行动的进展情况。

上海市总工会、民主青年联合会也组织 1.2 万名工人、学生，在大楼外围封

登记审查

锁交通，并向过路的市民作宣传解释。

大楼内的民警则亮出身份，命令所有人员就地接受检查。那些平时神气活现、巧舌如簧的投机商人，今天见到如此之多的便衣突然包围了大楼，蓦地像泄了气的皮球个个呆若木鸡，有的捏着电话忘了放下，有的将财物扔至角落……

公安人员对被堵在交易所的2000多人进行挨个检查登记，从中搜出了各种投机字号，查获了大量黄金、银元、外币，同时搜出了两支手枪。

经过一一审查，拘押了其中的246人，其余那些单纯的交易者经教育后，予以放行。

与此同时，黄浦、老闸、静安等分局按计划也捣毁了百乐门、新世界、曹家渡、江苏路等小型的金融黑店、窝点，统一取缔了全市的金银投机活动。

行动后的第二天，上海的银元和人民币的比价从1:1800下跌为1:1200；大米下跌了一至二成，食油价跌一成半，其他生活日用品也纷纷跌价，全市人民的生活立刻趋于稳定，社会秩序也趋于安定，老百姓无不拍手称快，举手拥护。

据统计，此次统一行动共查没黄金3600多两，银元39000余枚，美元6.2万元，港币1300多万元，人民币1500多万元，以及呢绒、布匹、颜料、粮食等各种囤积居奇的商品，折价人民币3500万元。拘押的200多人，分别被判处有期徒刑、劳役、罚金或悔过保释、教育释放。

从此，上海的经济和金融秩序恢复了正常，老百姓的生活恢复了稳定，社会秩序亦开始稳定，新生的人民政权得以巩固。

一批金融投机分子落入法网

金融界的淮海战役

新上海惩腐第一枪

  新中国成立初期，毛泽东主席和党中央痛下决心枪决了天津的地委书记刘青山、张子善，对这两个功臣进城后的腐败行为给予了最严厉的惩处，这一震惊天下的铁腕举动，教育了全国广大党员干部。人们大多以为这是全国首例惩腐案，其实上海惩治腐败案更早，被枪决的对象是南下干部欧震，这起案件被誉为新上海"惩腐第一枪"。

一

  上海解放不到一个月，榆林分局局长刘永祥拿着卷宗来到了上海市人民政府公安局局长李士英的办公室，向李局长汇报了一起内部人员作案的经过。

  1949年6月8日，榆林分局的民警欧震奉命协同公安部查处蒋帮空军司令部第21电台台长毕晓辉非法藏匿武器的案件。

  那天上午，欧震陪同公安部办案人员来到榆林地区毕家，敲开门后，欧震问前来开门的年轻女士："毕晓辉在家吗？"开门的女士见是身着戎装的解放军，先是一惊，随后面无表情地回答："他一个多月以前离家后就没回来过，不知道他到哪里去了。"欧震一脸严肃地告知女士："告诉你吧，他早已逃往台湾了，你是他的什么人？""我是他的姨太太。"对方一脸的惊慌。欧震通报说："我们是公安部的特派员，今天到这里来就是要了解你丈夫毕晓辉的情况，同时还要对你家进行搜查，请你配合。"欧震说罢，又追问道："这里还住着谁？"年轻的女士喃喃地说："还有毕先生的大太太。"

  欧震与公安部的特派员分别询问了两个不知所措的女人，也问不出什么有价值的线索，他们出示了搜查证后，开始翻箱倒柜地搜查起来，结果在其家中查获了几支枪支等非法武器，公安人员根据她们态度积极，配合检查，给予了宽大处理。

欧震人虽离去，但他对那个年轻漂亮、白皮细肉、衣着时髦、气质高雅的毕晓辉的二姨太却一见钟情，其一颦一笑、一举一动，在他的心里挥之不去。

已是深夜了，欧震躺在寝室的床上抽着卷烟，脑子里始终浮现毕晓辉的二姨太朱氏风姿绰约的诱人倩影。他正是20出头春情萌动的年龄，刚来到大都市，见了花花世界眼睛一下子花了，加上纪律观念淡薄，冲动之下竟不顾领导的三令五申和铁纪钢规，一骨碌爬起来忘乎所以地直往毕家赶去。

沿着西洋情调的路灯，欧震鬼使神差地来到毕家门口，犹豫了一下，壮着胆子敲起了门。开门的正是朱氏，见公安人员深夜又上门，她张着嘴吓得魂不守舍。

欧震像老熟人一般径自来到客厅，趾高气扬地坐下后盘起腿，虎着脸对着惊魂未定的女子严厉地道："还有许多问题你上午没交代清楚，多亏我在公安部特派员面前替你们美言了几句才算过关，但事情还没完，你看怎么办？"见过世面的朱氏自然听出了弦外之音，苦苦地哀求："解放军同志，求你放我们一码，你需要什么，一定满足你的要求。"说罢朱氏从红木家具的抽屉里取出了4枚银元，胆战心惊地递给了欧震："这是一点小意思，等以后事情过去了，一定重谢。"欧震接过银元漫不经心地往裤兜里一揣，故意为难地说："现在共产党对你丈夫和你们犯下的罪行肯定是要追究的，我是负责处理你们案件的办案员，我会尽力帮你开脱的。"朱氏低着头，动情地说："对你的大恩大德，我是感激不尽。"欧震色眯眯地望着对方，意味深长地问："到时你打算如何报答我啊？"朱氏抬眼瞟了一眼欧震，嗫嚅地说："随你，只要我能办到。"

欧震望着她那迷人的眸子，情不自禁地坐到了朱氏的身边，一把搂住了心中的美人。朱氏面对突如其来的孟浪，不胜惶恐地说："这不太好吧。"欲火中烧的欧震边搂着她亲吻，边甜言蜜语地哄她道："现在已是共产党的天下了，毕晓辉已逃往台湾回不来了，你这么年轻，难道为他守活寡？你还是识时务些，只要你跟着我，我不会亏待你的。"

19

朱氏闭着眼睛，吓得不敢反抗。此时此刻，她想到丈夫已远走高飞，现在解放军吃香了，以后的日子还长着呢，顺着他也是个依靠。于是她就半推半就顺从了他，欲火燃烧的欧震颠鸾倒凤地折腾了一夜，神魂颠倒，心满意足。

有了一夜情，欧震并不甘心，他还想长期霸占这个到手的可心女人。但他心里清楚三天两头去国民党军官的小老婆家自然不便，为了避人耳目，欧震让当地留用的旧警察帮他在附近一个偏僻的小弄内找了一间房子，以一定娶朱氏为妻相诱惑，竟然金屋藏娇起来。毕家暗藏了一批赃款，朱氏也拿了出来，两人添置了一些家具，堂而皇之地同居起来。

一天深夜，两人正亲热时，朱氏不无担心地问："你身为共产党公安局里的警察，勾引国民党的军官太太，要是被发现，会受到处罚吗？"欧震不屑一顾地说："真是头发长，见识短。怕什么怕，共产党只是对国民党严厉，公安局只对别人执法。我自己不调查，谁会调查我。再说，发现了又怎么样，最多也是个警告处分，比起和你在一起，警告处分算得了什么，老子不在乎，我只在乎你，小美人！"说罢，他又搂着美人儿一阵亲热。

欧震自以为聪明，以为一切都做得天衣无缝，神不知，鬼不觉。每天下班后换上便衣悄然回到借来的住处，与美人儿同欢共枕。朱氏心想丈夫已远走高飞，不知何时才能回来，也想找个靠山过日子，便每天心甘情愿地为其买菜做饭。欧震回到住处吃香喝辣，抱抱美女，像李自成的部下刚进城一样过起了奢靡的生活。

二

那天，欧震闲着无事便在办公室的抽屉里取出银元把玩起来，突然有人闯进他的办公室，他吓得立刻将银元扔进抽屉里，马上关上了抽屉，但这惊慌扔银元的一瞬，却被来者老刘撞见了。

尽管老刘只见到一枚银元，但那时公安人员生活比较艰苦，对享受供给制的民警来说，有银元是希罕之事。欧震不是原来的上海旧警察，家又不在上海，故一般难以搞到银元，一定来路不正。

　　榆林分局刘局长听到部下汇报此事后，感到虽是小事，但他没有麻痹。立刻派人找来欧震让他讲清楚。开始欧震不承认有银元，后来又编了一个谎言来掩盖："银元是朋友送的。"调查的干部问："哪个朋友送的，你把他的名字写下来，我们马上去核实。"欧震说不出来，出尔反尔难以自圆其说。

　　欧震心里清楚，这不是一枚银元的小事，而是关系到玩弄国民党姨太太的大事，他更清楚公安有着铁的纪律，一旦说出来后果不堪设想。他曾听老警察说："抓贼抓赃，抓奸抓双。"故他抱定死不开口的宗旨，你们也没办法。

　　刘局长下决心对他的问题查个水落石出，并成立了专案组。

　　尽管欧震坚不吐实，但是刘局长没有罢休，而是派人对欧震身边的人进行了解。有个旧警察开始有些顾虑，以为共产党与国民党一样，只是做做样子罢了，没有说出实情，后来通过调查干部反复宣传共产党的政策后，他被共产党的干部认真彻查腐败的真诚态度所感化，终于和盘托出："那天，欧震曾对我说是老家要来人，委托我帮忙找个住处。我是个旧警察，感到自己低人一等，为了讨好南下的解放军干部，以后能为自己说点好话，帮个忙，便利用过去当警察的老关系，很快为欧震找到了一处房子，而且是免费使用。为了掩人耳目，他对邻居称朱氏是乡下来的未婚妻。"

　　有了这个线索，案件有了突破口。一天下班后，专案组的一名警察悄悄跟踪欧震。欧震并没有直接回宿舍，而是径直拐进一条偏僻的小弄堂。那警察一眼就认出，开门的年轻女子正是朱氏，于是便悄悄地退了出来，马上回去把这一情况向专案组汇报。欧震金屋藏娇的尾巴终于露了出来。

　　专案组当即决定，迅速前往现场，欧震和朱氏同居被当场活捉，还在其居住的地方搜出了许多赃款，这是朱氏的老公毕晓辉留下的财产，朱氏将这些家底带出来，准备与欧震长期生活下去。

　　组织上掌握了欧震与国民党姨太太同居的事实后，经过做朱氏的思想工作，她抽泣着讲述了事情的前因后果和自己的心理活动。朱氏的交代，使组织上掌握了欧震犯罪的全部证据。这时欧震才如梦初醒，吓得痛哭流涕，请求组织上给予一条出路。

刘局长汇报完案情有些担心地说："欧震是南下干部，公开处理恐怕政治影响不好。"

李士英局长听罢刘局长汇报后，拍案而起，愤怒地说："我们在丹阳待命时，对接管上海的干部进行了反复的教育，他到了上海才几天就如此胆大妄为，实在是罪不可恕。此事性质严重，务必严惩。不要怕丢丑，几千人的队伍出一两个败类没什么大惊小怪的，亡羊补牢，犹为未晚。只有公开处理了，才能起到杀一儆百的效果，才能杜绝这类腐败案件的再次发生。"

三

李局长听说欧震是跟随自己从山东济南南下来上海的年轻干部，才25岁，还是个青年，他也许不知道事情的性质和严重性，到底如何处理此事，李局长徘徊许久，踌躇不定。

但是在丹阳待命接管大上海前，为了防止这些从乡村到大城市来的执政人员违法乱纪，被糖衣炮弹所俘虏，李士英特意组织了接管干部进行学习和讨论。专门学习了中共七届二中会议关于"两个务必"的精神和华东局《关于接管江南城市的指示》等各项政策，还学习了《约法八章》《入城守则和纪律》等文件，对党的重心工作的转移和转移后依靠谁，以及入城纪律等问题进行了反复的学习讨论，大家都表了态，怎么还是有人顶风违法，且如此之快，到上海才10天时间，就做了如此惊天大案，令李局长百思不得其解。

欧震随山东省公安厅厅长李士英所率的共产党第一支红色警察部队南下到丹阳待命，5月26日，他又随社会部副部长李士英、杨帆进入上海，成了上海市公安局榆林分局接管工作的军代表。

李局长悟到对干部纪律教育不是一蹴而就的，而是一个长期的学习教育的过程，尤其是要把好进人关这个源头。古诗云：问渠那得清如许，为有源头活水来。是啊，只有把好进人这个源头，才能保持公安队伍的纯洁。

此时此刻，李局长想到了国民党在抗日战争胜利后，接管上海时，那些接收大员们争相抢夺金子、房子、车子、女子、票子，使饱受沦陷之苦的上海市民大失所望，老百姓称此举为"五子登科"。他们还编了一句顺口溜："想中央，盼中央，中央来了更遭殃。"

是啊，水能载舟，亦能覆舟。国民党的腐败在全国人民的反对声浪中很快倾覆了，前车之鉴，我们共产党人千万不能重蹈历史的覆辙啊！

四

李局长深感事件的严重性，接管上海才十多天，就发生了如此腐败的案件，简直是国民党的行径。如果不拿出"挥泪斩马谡"的铁腕，姑息养奸，势必会蔓延，公安机关大厦的柱子难保不被蛀虫蚕食折断。

经过一番痛苦的思索后，李局长痛心疾首地拿起笔在报告上沉重地批下了如是几个字：欧震敲诈勒索，诱奸妇女，目无法纪，应予枪毙，以维纪律。

陈毅市长

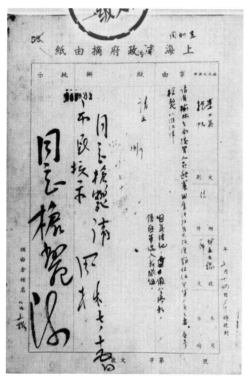

陈毅市长批示手迹

华东军区淞沪警备司令部司令宋时轮、政委郭化若批示：执行枪决。潘汉年副市长函示：此犯自应枪决。

7月14日，李局长、杨帆副局长亲自起草文稿、判决书，呈报陈毅市长核示，陈毅市长挥毫写下了刚劲有力的四个大字：同意枪毙。

1949年8月14日，欧震被判处死刑的消息经各大报纸刊登后，上海人民无不拍手称快。欧震上刑场的那一天，刑场上人山人海，水泄不通，人们亲眼目睹了第一起腐败分子欧震的下场。

一声清脆的枪响结束了欧震罪恶的生命，也警示了所有手握权力的党员干部。

第二天，《解放日报》以醒目的版面公布了欧震的罪行，并发表了《革命纪律不容破坏》的短评。

对腐败分子动真格，在上海市公安局内部和上海干部中间，乃至全国引起了震动和极大的反响，通过欧震案件，李局长决定在公安队伍中举行一次普遍的审查，经过认真审查和严厉整饬，先后有400余名有劣迹的旧警察和有腐败问题的警员被清理出公安队伍，有效地遏制了腐败现象的孳生和蔓延，也使老百姓看到了共产党惩治腐败的决心和清正廉明的正气，保持了公安队伍的纯洁性。

之后，每次大会小会各部门的领导都反复强调防腐拒变的重要性，要求大家出淤泥而不染。陈毅市长也在大会上多次强调："我们是解放上海、改造上海呢？还是被上海人撵走？我们是红的大染缸，要把上海染红，我们不要红的进去，黑的出来！"

公安虽有铁纪钢规，但警察接触阴暗面多，李局长清醒地意识到只靠嘴上"敲木鱼"难以有效地抵制"糖衣炮弹"的进攻，为此，他要求从制度上入手做到长效管理，亲自组织修改制定了《警员十项守则》印发给每一位警员，要求严格执行，做到防患于未然。

守则非常具体，诸如民警到妓院、舞厅工作，不准抽业主的香烟，不准接受工作对象的任何馈赠；不准私自与舞女、妓女来往；到剧场、影院游乐场所工作，不准看白戏和索要影剧票；管理摊贩的，不准索拿吃喝摊主的东西等等。

在铁的纪律面前，广大警员加强了遵纪守法的自觉性，拒吃拒喝、拒受礼品、拒收贿赂蔚然成风。比如仙乐舞厅的老板向治安处特营科长提出，只要允许晚上延长营业时间两小时，他愿意拿出相当于30两黄金的干股相赠。特营科长严词拒绝道："你这是想拉拢公安人员？告诉你，老老实实地做生意，别动什么歪脑筋，别坑害我们的干部，明白吗？"舞厅老板吓得连连点头。

虽然舞厅老板碰了壁，但是他对民警的一身正气还是打心底佩服，安分守法

新中国成立初期，民警学习文件

做生意，再也不敢动歪脑筋。欧震事件的严厉处理，对上海所有的党员干部起到了警示作用，对遏制腐败、匡正风气起到了不可估量的作用。

其实，欧震事件并不是一个偶然事件，欧震所犯的罪行也不是一种孤立的社会现象。事实是，共产党执政之初，以贪污、浪费、官僚主义为主要表现形式的腐败行为就在一部分人中蔓延、滋长了起来，也冒出了一些大大小小的"李自成"式的人物。欧震的犯罪行为引起了各级领导的重视，再次向即将在全国执政的共产党干部敲响了反腐倡廉的警钟。

他终于低下了傲慢的脑袋

被称为"冒险家乐园"的上海，解放前成为外国人为所欲为的乐土。当解放战争的硝烟刚刚散去，一位美国大人习惯使然，还以为新中国可以随便侮辱，但是他没想到这次却搞错了。

1949 年 7 月 6 日，当家作主的人民满怀喜悦地隆重举行庆祝上海的解放、纪念"七·七"抗战大游行。游行的队伍歌声此起彼伏，响彻云霄。

"团结就是力量，团结就是力量！这力量是铁，这力量是钢，比铁还硬，比钢还强。向着法西斯蒂开火，让一切不民主的制度死亡，向着太阳，向着自由，向着新中国发出万丈光芒！"

"没有共产党就没有新中国，没有共产党就没有新中国。共产党辛劳为民族，共产党他一心救中国，他指给了人民解放的道路，他领导中国走向光明。"

7 月 6 日下午，各个机关、工厂、学校等部门的游行群众，高举着五颜六色的彩旗，唱着激动人心的高亢歌曲，从四面八方涌向了设在四川北路、同心路口的检阅台。

一支支情绪高涨、高呼口号的游行队伍汇成了滚滚洪流，汇成了红色的海洋。上百万人的游行队伍浩浩荡荡，一望无际。

红旗招展如画，歌声响彻云霄。

翻身解放了的上海人民热情高涨，兴奋无比。他们正准备接受华东局和上海市党政领导的检阅。这是解放以来上海市规模最大的一次群众集会游行。为了确保游行集会安全顺利进行，上海市军管会颁布了交通法令。公安机关和部队抽调大批警员和战士维持交通治安秩序，保证游行队伍的畅通无阻。

然而，下午 4 时许，一辆牌号 03-6235 的高级小轿车驶至溧阳路、东长治路口时，故意违反交通规则，冲入游行队伍的人流，阻断了游行队伍的前进。

正在执勤的民警张恒顺见状，立即上前站在马路中央不断地挥手示意小车："停止，后退！"

小车却置若罔闻，直冲而来，张恒顺立即命令身边的两个战士拔出手枪做好准备，自己上前站在路中央紧握手枪对准了车头，形成了三支手枪对准小车的架势。

小车开到民警面前才戛然而止，车玻璃窗慢慢摇了下来，司机脑袋伸了出来，却是一个金发碧眼的外国人，面对枪口一副盛气凌人的架子，非但不服从民警指挥，还操着生硬的中国话出言不逊道："你有什么资格不让我通行？"

说罢继续踩动油门欲强行通过。

这个外国人的嚣张气焰顿时引起了游行群众的愤怒，人流簇拥过来围住了小车，千夫所指："你是在中国的土地上，凭什么不服从中国警察的指挥？"

这个老外还是不断地鸣笛轰油门，有人愤怒地高喊："把他拉出来示众！"

愤怒的群众欲拉开车门之际，民警张恒顺为防止事态扩大，请老警察李长田立即打电话报告分局。不久，分局的警车飞驰而来。同来的有军管会的毛冠珠、马相辛、韩杰三位同志及翻译顾宁馨。

毛冠珠通过翻译严肃地对这个外国人道："请你到提篮桥分局去接受处理。"

老外见这么多警察和围过来如此之多的老百姓，知道情况不妙，摇头直嚷："No!No!"

民警将此人带到了提篮桥分局的值班室。这个老外一身西装革履，一副盛气凌人的样子。他走进来后，仍然摆出一副横蛮的架势。

能说一口流利英语的值班巡官郁英概和几个留用老警察，见违章者是个美国人都吓得发抖，不知如何是好。

美国人见对方的窘态，更是气焰嚣张，郁英概递给他一张表格，用英语道："请你填写一下，名字、住址和职业。"

这个外国人叽里呱啦大喊大叫："我就不写，你们能把我怎么样？我马上就要回去！"

欧立夫大闹公安局　　　　　　　欧立夫砸坏的东西

民警上前劝道："请这位先生放冷静些，你现在是在中国的领土上违反交通规则，又不接受民警的处理，让你到这里来接受处理，你还是不听，那怎么行？"

他傲慢地扬言："我是美国人，马上放我走！看你们能把我怎么样？否则，一切后果你们自负！"

说罢，他站起来欲离开。

大家都面面相觑，一时不知如何是好。但是南下干部马相辛没有被他的狂傲所吓倒，他站起来，瞪着眼睛指着这个美国人通过翻译正告道："你不接受处理，坚决不放你走！不信你试试？"

美国人听罢顿时暴跳如雷，随手抓起办公用品就扔，又掀翻办公桌。民警阻止其野蛮行径警告他："这是中国的公安机关，请你放冷静些！"

此时此刻，马相辛心头火起，也来了牛劲，他对束手无策的老警察道："不

　　　　　　　　　　　　　他终于低下了傲慢的脑袋

用害怕，有事我负责。"

然后，马相辛通过翻译警告他："现在上海解放了，中国人民站起来了，你还想作威作福横行霸道，今天行不通了，不管你是美国人还是英国人，你犯了法照样依法处理。"

马相辛见他仍不听劝告，还不老实，便报告了二股股长毛冠珠、四股股长夏庭和两位同志，最后决定一起把他扭住，但他就是不买账，发疯似地对毛冠珠一阵拳打脚踢，将毛冠珠的脸打青了，又将毛戴的手表打坏，还将毛别在胸口上的钢笔折断。

在场的留用的老警察见状吓愣了。因为解放前，旧警察局对外国人的无法无天，只能干瞪眼随其发威，倘若得罪了外国大人，上面怪罪下来是要丢饭碗的，甚至是坐牢。现在解放了，共产党敢不敢碰硬？他们心中无数，一时手足无措。

几个南下干部见状实在是忍无可忍，立刻向分局长赵文卿报告，赵局长接报后赶来，见这外国人如此嚣张，感到这种无视新中国人民政府法令的野蛮行径，

提篮桥分局局长赵文卿

必须立即制止，岂能任其肆意挑衅。

赵局长瞪着牛眼用山东话吼道："日他娘的，给我铐起来，关押起来！老子就不信治不了他。"

李士英作报告

这一招完全出乎对方的意料，他过去也许颐指气使为所欲为惯了，本以为你不敢把老子怎么样，未料这次中国警察来真格的。

这个美国人进收押室里待了会儿，脑子便开始冷静起来，毕竟是在人家的地盘上，谁知道他们还会做出什么事来。美国人是最讲现实的，看到眼前的架势，知道不妙，便像一只泄了气的皮球，嚣张的气焰顿时收敛了。

他敲了下铁门，大声用生硬的汉语道："我要见长官。"

负责关押的警察报告了值班的同志，经过请示，便放他出来审问。

审问的警察问："你叫什么名字？"

美国人乖乖地说："我的名字叫威廉姆·欧立夫。"

审问者又问："在中国从事什么职业？"

美国人如实道来："我是美国领事馆的副领事，现住在淮海路。"

他说罢从口袋里掏出了证件，乖乖地交给了审问民警。

赵分局长一听对方是美国驻沪副领事后顿时大吃一惊，深感此事非同小可。因为进城时李士英局长曾反复告诫部下涉外无小事，必须三思而行谨慎从事，并加强请示报告，不得自作主张。

赵分局长当时心中无底，担心惹了大祸，不敢怠慢，便立马抓起电话向李局长汇报此事。此时此刻，赵分局长的心里可谓忐忑不安，因为这是进城以来第一次涉外事件，对象又是昔日在上海不可一世的美国驻沪领事馆的副领事。

　　　　　　　　　　　　他终于低下了傲慢的脑袋

赵分局长汇报完后，担忧地问："李局长，你看是先放人，还是继续关押？"

李士英局长憋着气听完汇报，他深知此事重大，但处惊不乱，首先旗帜鲜明地表态："这事你没有做错，不用担心害怕。美国人也是人，决不能高人一等。像外滩公园挂牌子'华人与狗不得入内'，受人欺凌的日子已经一去不复返了。今日的中国人已经站起来了，谁再敢随便欺辱中国人，就依照法规处理他，继续关押听候处理。"

赵分局长听罢李局长的话后，如同吃了一颗定心丸，长长地吁了口气。

李士英局长放下电话，理清思路后，拿起笔写了四点具体意见：

"一是派南下干部专人负责，对欧立夫先生好好看管，千万不要出现意外；二是要讲政策，决不准打骂和侮辱人格；三是饮食有分局专人负责，不能吃外人送来的食品，以免发生食物中毒；四是领事馆来人询问此事，可说我们同美国没有外交关系，不承认他是什么'副领事'，只告知有一个美国侨民破坏交通秩序、扰乱警察执行公务被拘押了。"

李士英局长随手抓起电话要通了赵文卿分局长，向他阐明了四点具体处理意见，赵分局长一听心里更有底了，他打心眼里佩服李局长的政策水平、处事能力和滴水不漏的细心。

李士英局长深知此事的严重性，放下手头一大堆待处理的事务，立即赶往市人民政府向陈毅市长当面作了汇报，陈市长也是耐着性子听完汇报后，站起来操着浓重的四川话毫不犹豫地朗声道："拘留起来再讲，老子不管他是美国人、还是英国人，在中国违反了中国的法令，就可以制裁他。"

李士英局长临走时，陈毅市长又嘱咐道："把他的违法行为先记录下来，把证据都留好，然后再听候处理。"

晚上，赵分局长又接到李士英局长的来电，听罢陈市长的指示后，他激动难抑，悬着的心终于彻底放了下来。他按照陈市长和李局长的指示，立即批了拘留报告。

民警来到拘押室神情严肃地对欧立夫宣布："美国人欧立夫冲击游行队伍，

妨碍交通秩序，损害公物，妨碍公务，殴打警员，触犯了中国的法令，特此决定予以拘留 3 天。"

宣读完毕后，民警递上钢笔请他在拘留证上签字，此刻欧立夫只得老老实实地在拘留证上签字画押，之后被送往拘留所关押。

第二天，李士英局长又给赵分局长打电话道："不能简单地关押了事，而要对肇事者说服教育，以理服人，让他自己认错检讨。"

最后，李士英局长补充强调说："生活上要给予适当的照顾。"

根据李局长的指示精神，赵分局长派了一位颇有水平的警察来到欧立夫拘押处，面对面地与他交谈起来。

民警启发他道："我们欢迎一切来中国的外国人，他们有经商、办事、居留的自由，但在中国的领土上，必须尊重中国的法律和法令，不管是谁违反了，都要受到中国的法律和法令的制裁。反之，你将心比心地想一想，倘若中国人在你们美国的土地上行车，不遵守交通规则，闯进游行的人流强行通过，又不听警察的指挥，而且被带到美国警察局对美国警察拳打脚踢，砸坏物品，你们美国警察将会如何处理？"

欧立夫如实地道："那一定会被判刑，而且还要处以很高的罚金。"

民警循循善诱地说："是的，中国现在也是有主权的国家，也有自己的尊严和国格，难道可以像过去那样任日本人肆意践踏，像清政府时期那样任八国联军烧杀掠夺，像德国法西斯那样随心所欲地杀害犹太人？国家不管大小强弱都是平等的，人不管何种肤色也是平等的，不知欧立夫先生以为然否？"

欧立夫真心诚意地忏悔道："先生此言有理，我为几天前失去理智的行为深刻地反省，并向被我殴打过的警察真诚地道歉，还愿意赔偿被我砸坏的一切东西。"

经过说服教育，傲慢无礼的美国大人终于低下高傲的脑袋，心悦诚服地承认了错误，愿意接受处分决定，主动提出赔偿被毁的公物，并写出了诚恳的道歉书。

上海市人民政府外事处处长黄华接到上海市公安局的报告后，亲自带人来到了提篮桥分局了解情况。然后，他通过翻译顾宁馨对美国人说：“我们中国有个习惯，做错了事，只要向他们三鞠躬，表示认错，他们就会原谅你。”

美国人听罢只得鞠一躬，但再也不愿鞠第二躬。

黄华处长坚持道：“认错要有诚意，否则，等于没认错。”

欧立夫无奈只得又鞠了两个躬。鞠躬时，黄华让工作人员拍下了照片。

7月8日，《解放日报》《文汇报》等报刊以醒目的标题发表了“美侨威廉姆·欧立夫竟敢违警破坏交通，已被提篮桥分局拘押询问”的报道。

之后几天，报纸又以显要的版面全文刊登了欧立夫的认错道歉书和提篮桥公安分局的处罚书。

将欧立夫这样有身份的美国人在中国进行拘留，在中国的历史上尚属首次。当报纸将此事和欧立夫的赔礼道歉书公诸于世后，在全市、全国引起了轰动，也引起全球舆论的强烈反响。

原美国驻沪总领事馆向我人民政府提出了抗议，原美国驻华大使司徒雷登在南京叫嚷不迭，美国总统杜鲁门扬言要对中国政府进行报复。但这一切在新中国面前既完全徒劳，又无可奈何。

美国《华侨日报》等许多国外的报纸在报道中称“中国这头睡醒了的东方巨狮开始发出怒吼了”。

上海各阶层市民更是扬眉吐气，这一事件成为街头巷尾的热点话题，有人说：“解放前，美国人在上海打死人也治不了他，现在违反交通规则，打人毁坏物品照样关押起来。认错道歉赔偿才放你出来，这说明现在真正解放了。”

在公安局内部，那些解放后留用的旧警察感触更深，他们感慨道：“外国人过去将上海作为他们的殖民地，横行霸道，无法无天。他们犯了法，警察局处理时，却还对他们低头哈腰，最后都是不了了之。现在解放了，人民政府可不管你是哪国人，不管是谁触犯了中国的法令，一样依法处理。”

对欧立夫事件的处理，充分显示了李士英局长的处事智慧和魄力，也充分说明了中国人民真正站起来了，中国受帝国主义奴役的时代一去不复返了！

取缔青楼妓院

陈毅市长的警卫员遭遇妓女

素有"远东第一大都市"之称的上海，每到夜幕降临之际，霓虹灯和五花八门的广告灯开始次第闪烁跳跃，五光十色，光彩夺目。素有"中华第一街"之称的南京路上，有轨电车响声不绝，行人摩肩接踵，屋顶花园、商厦公司、影院剧场、酒楼茶馆、赌场妓院、舞厅书场等娱乐场所，白天颇为热闹，晚上更是人头攒动，熙熙攘攘，但繁华热闹的背后也有阴影，吸毒贩毒、赌博斗殴，腐化糜烂等非常猖獗，治安复杂，案件频发。

面对这样一个陌生新奇而又万分复杂的大都市，李士英深感既要保持它的繁华热闹，又要保持它的稳定有序。要做到这些，首先必须从源头涤浊扬清，控制案件，稳定治安。

那天晚上，李士英局长找来了治安处长刘少傥，问了一下特种行业的治安情

妓院一条街

妓女照片

况，便指示道："你组织一下警力，晚上选几个舞厅、酒吧、赌场、烟馆和妓院等特种行业点，深入到实地去看看，尤其是妓院，我30年代在特科时，曾亲眼目睹老鸨欺压妓女的惨事。你微服私访摸一下情况，搞个调查研究，摸清情况，并提出管理的办法来，赶快报我。我的看法是要管起来，但又不能管死，要做到管而不死，活而不乱。"

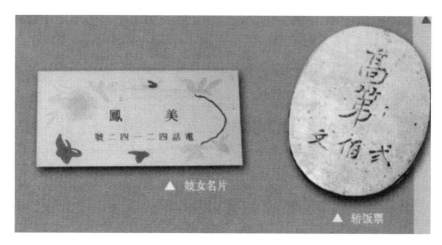

▲ 妓女名片

▲ 轿饭票

妓院使用的牌子

根据李局长的要求，刘处长分别派了许多民警化装成便衣深入到特种行业、公共娱乐场所，尤其是对妓院进行了摸底调查。

经过一个多星期查阅警察局登记的材料和微服私访，摸清了舞厅、烟馆、赌场和妓院的基本情况。查明至 1949 年 1 月，领有执照的舞厅 26 家，舞女 1007 人；向警察局登记的妓院共有 800 多家，至 6 月减少到 525 家，妓女 2227 人，尤其是老闸区地处旧上海人欲横流的"花都"中心，仅福州路会乐里更是妓院云集之地，共有妓院 51 家，老鸨、妓女 1164 人。然而，上海解放初期，未经登记领证而从事卖淫的私娼超过公娼数倍。她们游荡在马路上沿街拉客，既影响市容，也毒化了社会风气。

▲ 要求妓女陪坐侑

要求妓女陪坐的局票

每到夜幕降临，一些妓院广告牌上的霓虹灯便标出妓女的"芳名"，百般诱人，故人称"人肉市场""娼妓窝"。大体上分为三类：会乐里"长三堂子"属于高等妓院，是显贵要人出没的地方；大庆里"咸肉店"是中等妓院，为商贾职员光顾；群玉坊乃"野鸡窝"，属下等妓院，三教九流云集。

除了妓院外，解放初期的上海私娼，有旧社会留下来的，也有已关闭妓院公娼转为私娼的，还有从外地跑来上海重操旧业的，再有被流氓恶霸从安徽、江苏等灾区引诱拐骗来的，因私娼人数在一段时间内居高不下，单纯派民警上街逮捕，也难以奏效。当时社会上流传的谣言甚多，"共产党经费困难，要卖妓女，年轻漂亮的 1500 元，最丑的也要卖到 300 元""解放军攻打台湾，要把妓女绑起来，送到台湾前线踩地雷，为解放军开路"等等不一而足，吓得妓女人心惶惶，情绪对立。

6月的一天，陈毅市长在延安东路共舞台看戏，警卫员身穿便服在市长乘坐的汽车附近警戒，突然一个十六七岁穿红戴绿的小姑娘上前拉他的衣袖，描眉画眼的脸上堆着职业的笑容，向他伸出二个指头，轻声问："困一夜，两块钱，阿要？"警卫员猛然挣脱，大声斥责："你干什么？"姑娘吓得逃往漆黑的弄堂。陈毅市长获悉后，对警卫员说："今天吓跑了，明天她照样又来到街上拉客，可悲啊！"

政府应该对她们的出路负责

对于旧社会遗留下来的娼妓制度，人民政府是绝不允许在新社会继续存在下去的，然而，在上海这样娼妓危害甚烈的大都市，倘若一下子取缔，既没有足够的医疗条件为她们医治性病，更没有经费为她们安置就业，其结果就是把她们推向社会，使她们流离失所，暗中卖淫，陷入比公开卖淫更惨的境地。

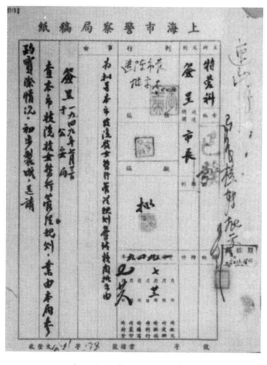
市公安局查封妓院的请示

既然要收容妓女，就应该对她们的出路和新生负全部的责任，而绝不能出现这样恶性循环的结果。故此，陈毅市长综合大家的意见，最后深思熟虑地对李士英说："刚进上海，恐怕还不能马上解决妓女问题，只好让她们再吃几天苦吧。不过，一定会很快解决的，将来的中国的词语中，'妓女'这个词必将成为一个历史名称！"

正是基于这样的考虑，李士英局长对治安处处长刘少傀交代说："对于妓女的问题，根据陈老总的意见，看来还是不急于采取取缔的办法，而是暂时采取了限制妓院发展的过渡办法，允许妓女继续操业，通过管理教育，以从多到少，从少到无，达到逐步消灭的目的。这样吧，我们先采取登记的办法，同时深入到妓院和马路上了解一下，写个具体方案出来。"刘处长频频点头，接受了这项史无前例的重要任务。

1949 年 6 月开始，上海市人民政府公安局责令全市妓院进行登记，审核发证，领证营业。登记发证的原则是：妓院妓女应在原有的基础上，以登记一次为限，以后只准减少，不准增加，同时为了避免产生暗娼，对解放前后，盲目退证的妓女，如生活确无依靠，且进行暗娼活动的，也准予进行登记。但对于新开设妓院，新来的妓女，过去未做过暗娼的，一律不准。

在采取登记限制的同时，刘处长也开始了微服私访。那天，他身着便衣带领特营科长、新成分局的治安股长一起来到一家妓院，见老鸨正用木棍打一名十几岁的小女孩，逼她连续接客。刘处长问小女孩："今天你接了几个客了？"小女孩喃喃地答："十几个。"刘处长又追问："老板娘接一个客给你多少钱？"女孩道："一分也不给。"刘处长气愤地说："这太狠心了，你为啥不逃走呢？"女孩不置可否地说："我即使逃走了，也无处可去，更没有饭吃，没办法，只能在这里混口饭吃。"

刘处长望着骨瘦如柴的女孩，心想这也是实情，她们不干这皮肉生意又靠什么生活呢？刘处长还在另一家妓院问一位妇女："你们如果生病了还接客吗？"那位妇女双手一摊，无可奈何地说："病生得不严重，诸如伤风感冒、腿疼腰酸、来例假等等，老鸨都会说'轻伤不下火线'，我养你们不是吃闲饭的，甚至染上了性病还要我们接客，引起交叉感染。她不给我们去治病，自己买了些药给我们吃一点就完事了。现在我们这里的人几乎都有性病。"

刘处长将微服私访所见所闻的情况向李士英局长介绍完后，最后愤懑地道："这些妓院确实是个人不像人、鬼不像鬼的人间地狱，惨不忍睹，应该立即下令封存关闭。"

李局长听罢猛拍桌子："太不像话了，应该早日取缔，但陈老总说得有道理，这是旧社会遗留下来的一个社会问题，上海刚解放，百废待兴，现在政府经济还十分困难，一时拿不出很多钱来安置这些受苦的妇女就业。"

李士英局长喝了口水，深表同情地说："这些妓女也是生活所迫才跌入火坑的，我们不能简单地下令关闭了事，那样会将她们逼上绝路，但也不能让妓院主为所欲为，我们必须马上采取措施。我的看法是采取严格限制、加强管理、只能减少、不能增加、逐步取缔的原则，你们先商讨一下，立刻制定几条切实可行的严格规定。"

经过上下反复讨论了多次，7月初制定了《管理妓女院暂行规则》，共14条，规则指出妓院主不准打骂妓女，逼良为娼；凡涉足妓院者，必须详细登记姓名、住址、职业、服务处所等；凡妓女违章拉客、接待的，除处以罚金外，并对妓院主加重三倍的处罚等14条规定，1949年7月28日，以上海市人民政府公安局的名义公布。

李士英很注意从细小的地方抓落实。一星期后的一天黄昏，他吃罢晚饭特意换上便衣走出公安大院，独自一人沿着福州路悠闲散步，这里是妓院最集中之地。

只见霓虹灯闪烁的青楼门前，涂脂抹粉的风尘女不时地拦住他，发嗲地说："进去白相相好哦？"李士英纳闷地问："不是公安局已经发布规定了吗，不许随便拉客。"那位风尘女双手一摊无奈地说："老板娘讲这是吓吓乡下人的，不要理它。"

李士英微服私访后，感悟到这个问题不能仅靠发个规定了事，而是要真抓实干，抓落实，才能根本解决问题。

李士英在马路上边散步，边琢磨如何彻底解决这个历史遗留的难题。突然，一个黑影从他身边飞过，倏地将他戴的帽子抢走，黑影迅速地消失在弄堂里。李士英局长遭遇突然被抢后，先是一愣，之后是愤怒自责。他暗自思忖，帽子居然抢到公安局长头上来了。虽然抢帽者不知道被抢的对象是堂堂的上海市公安局局长，但也说明上海的治安还是够乱的。李士英决定加大对马路上治安的整治，以确保大上海老百姓的安全。

第二天上午，李士英局长一个电话叫来了刘处长，他先讲述了自己昨天去福州路了解的情况和遭遇的被抢事件，又对刘处长说："看来仅仅贴出布告还不够，还得加强检查督促，要抓几个典型，重点处理几个顶风违抗者。这样才能刹住顶风违令的行为。"

最后，李士英又补充道："在整治妓院的同时，也要在马路上加强巡逻，争取主动，控制街面，减少抢劫事件的发生。"

刘处长领命后，雷厉风行，又制定了一系列管理制度。例如，规定了狎客一律进行登记；妓院必须备有一定的卫生设备；妓女每月必须到卫生局体检一次，患有性病和怀孕妓女一律不准接客，院主应该负责治疗等等。

布置落实后，刘处长当天晚上就带领治安处和各分局便衣突击检查妓院，抽查了几家妓院，结果有一半的妓院违反规定，初犯给予了罚款处理，并警告以后再犯必将从严处理。

之后的几天，他们又连续进行了几次回马枪检查，一旦发现再违反规定的予以重罚，妓院主尝到了人民警察的厉害后，明白了人民警察动真格的，不是雨过地皮湿一阵风玩虚的，他们开始收敛老实了。几次检查后，限止妓院的效果立竿见影。此后，妓院的老鸨不敢打骂妓女、狎客很少上门光顾，许多妓院由原来的门庭若市变得"门前冷落车马稀"。

终于结束了"东方花都"的历史

妓院营业由此受到了很大的冲击，尤其是 1949 年 11 月，北京封闭妓院的消息传来后，妓院的老鸨和妓女开始感到了恐慌，纷纷要求退业，一些妓院关门歇业。一些妓院退业的目的是逃避制裁、保存财产；而许多妓女退业的目的则是生怕收容改造。因而，当时妓女改业从良、回乡生产的人数日益增加。为了防止退

召开解放妓女的动员大会

妓女要求严惩老鸨和老板

妓院老板被押往劳动改造处

取下妓院广告灯

取缔青楼妓院

女民警与妓女谈话

妓女们走向新生活

妓女参加劳动

业后妓院变成地下妓院，妓女变为暗娼，上海市人民政府公安局规定妓院退业必须找保；妓女退业除找保外，在她们回乡后，须由当地户口机关在通知上盖印章证明，寄回本局，同时公安人员经常到退业妓院和妓女家中进行联系访问。

1949 年 9 月，上海市民政局对 1334 名妓女的年龄、文化程度和沦为娼妓原因进行了调查，其中 16 岁至 24 岁占 69.7％，25 岁至 35 岁占 29.6％，36 岁以上占 0.7％；文盲占 86.4％，小学占 12.1％，中学占 1.5％；因生活困难被迫、被骗、被卖当妓女的占 96.1％。在长期的精神和肉体摧残下，她们普遍染上性病，人性泯灭，感情麻木，残酷的生活也改变了她们靠劳动生活的本质，好逸恶劳，散漫放荡，有的甚至染上了毒瘾。

1949 年 11 月，经市人民政府批准，民政局在泰兴路 601 号开设了一家妇女生产教养所。公安机关会同民政部门收容了 400 多名流落街头的妓女，其中大多数是私娼和乞丐，有 60％染上吸毒恶习，30％患有梅毒，70％患有其他疾病。新政府为她们治病、送衣和剪发，并组织她们学习，过有规律的集体生活，帮助她

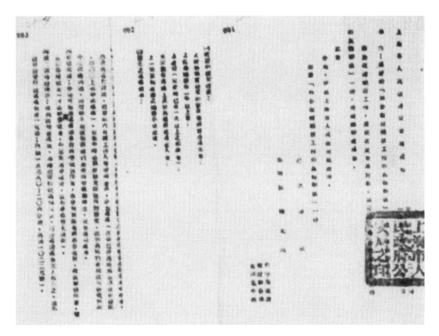

封锁妓院命令

们戒除毒瘾和恶习。

至 1951 年 11 月宣布封闭妓院时，全市的 525 家妓院仅剩 70 多家，100 多名妓女，从此，上海这块被誉为"十里洋场"的土地上彻底刬除了这个社会痈疽，终于结束了上海"东方花都"的罪恶历史。

《人民警察》，上海公安的名片

《人民警察》犹如一坛酿造了 68 年的老酒，时间愈久，其味愈浓。

首家公安刊物在上海诞生

1949 年 5 月初，中共华东社会部副部长杨帆率部从江阴出发，经扬州渡长江抵达丹阳待命，准备接管大上海国民党警察局。杨帆，北大中文系才子，曾参加"一·二九"运动，毕业后到上海《译报》任编辑和记者，1939 年初，率领上海演员慰问皖南新四军军部，遂参加新四军，任项英政委秘书。皖南事变后，任新四军军法处处长、第三师政治部保卫部部长兼调研室主任。杨帆爱好文学，也感到宣传的重要性，委托部下钟望阳创办过一份杂志《渤海公安》。钟望阳系上世纪 30 年代上海作家，著有长篇儿童小说《小顽童》等作品，在左联领导下的海燕文艺社从事中共地下文学活动，投笔从戎后，任淮南解放军区党报编辑，华东社会部干部。他受杨帆委托创办公安刊物，除发表公文外，还通过文学形式刊发了许多鼓舞士气的小说、散文、诗歌等作品，颇受公安人员的欢迎。

进驻大上海之前，钟望阳被任命为接管上海警察局的接管员，他萌发了创办公安刊物的想法，想以此教育新旧警察，宣传党的政策，并以此发现和培养一批

陈毅为《人民警察》题写刊名

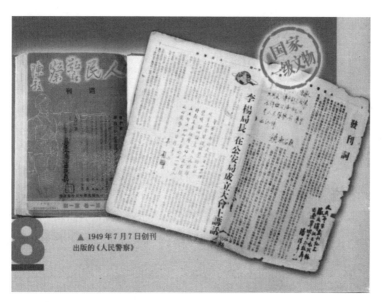

▲ 1949年7月7日创刊
出版的《人民警察》

《人民警察》创刊号为国家一级文物

公安自己的作者，为此，他特意请示了杨帆副部长，杨帆连声说好。钟望阳遂找了秀才李蒲军商量，并让其着手准备。

1949年5月27日，气吞万里如虎的人民解放军，以秋风扫落叶之势一举攻克了固若金汤的大上海。28日，华东社会部副部长李士英、杨帆率部顺利地接管了国民党上海警察局。6月2日，上海市人民政府公安局成立，李士英被任命为首任公安局局长，杨帆被任命为副局长。几天后，钟望阳被任命为上海市人民政府公安局人事处处长，因忙于繁重的接管工作和人事安排，办刊之事搁了下来。

一个月后，钟望阳调集了七位秀才和一位内勤，创办了公安刊物，命名为《人民警察》，就这样，共和国第一份公安刊物呱呱坠地了。当初这些初生之犊不知天高地厚，想了个点子，托一位在上海市人民政府工作的同志，代请陈毅市长题写《人民警察》刊名。编辑托关系后，又感到陈市长面对百废待兴的大上海，昼夜工作，日理万机，开始后悔这个请求有点儿过分，也有点儿"荒唐"。正担忧之际，未料不到一星期，陈市长竟然托人送来了四份题字，还捎来口信："写了四张，由你们选用好了。"办刊人员凝视着陈老总的墨宝喜不自禁，他们被陈老总雷厉风行的作风和平易近人的态度深深感动。编辑同志没有想到，陈毅市长也没有想到，四十多年后，他题写刊名的创刊号被国家文物局评定为一级文物。

陈毅市长收到创刊号后，勉励办刊人员："这个刊物办得好，今后要及时地向公安干警传达毛主席对公安保卫工作的指示，认真总结接管和改造'十里洋场'，使之成为人民城市的经验，要努力去提高公安干警的政治水平和工作水平。"

除了请陈老总题写刊名外，办刊人员还请

杨帆每期给《人民警察》写一篇文章

了分管公安的副市长潘汉年、警备区政委宋时轮等领导题了字，他们都一一"遵嘱"，非常及时地送来了题词。潘汉年副市长的题词是："人民警察创刊纪念：彻底消灭反动残余，迅速巩固革命秩序。"首长们的题词都铸版后刊登在创刊号上，给办刊人员和广大读者以极大的鼓舞。

杨帆擢升为局长后，工作异常繁忙，每天是两眼一睁，忙到熄灯，但他意识到统一和提高大家的认识和思想水平，比忙于具体事务更重要。故此，杨帆坚持每周为《人民警察》撰写一篇指导性文章，放在封面的刊名下面，作为他的"专栏文章"，在相当长的一段时间内，杨帆的"每周一文"从不间断，其文思想深刻，抓住要点，言之有物，文采斐然，深受广大读者的欢迎。

当初的刊物为周刊，每周四出版，办刊人员白天深入一线采访，夜晚挑灯编写，虽工作艰苦紧张，但充满激情，昼夜工作，不计报酬，从不脱刊，即使在1950年初期上海发生"二·六轰炸"电厂被炸，全市停电，印刷厂只能排字、不能印刷的情况下，办刊人员克服困难，利用公安自己能发电的有利条件，自己切纸、印刷、装订，按时分发出去，及时与读者见面。每期刊物出版，民警们争相阅读，在讴歌英模、教育民警、鼓舞士气、指导业务中，起到了不可替代的作用。就如公安部的一位领导评价的那样，《人民警察》犹如一名派出所的指导员，无声地做思想工作。可以说，公安宣传也是战斗力。

命运多舛四落四起

《人民警察》风风雨雨走过了 68 个春秋，可谓命运坎坷，曾四次停刊，四次复刊。第一次停刊在 1951 年底，上海市委为了增产节约，要求各单位停办内部刊物，两岁半刚学会蹒跚走路的《人民警察》便夭折了，其间共出版 5 卷 120 期。一年多后，即 1953 年，许建国来沪任局长后不久，果断决定复刊，为了节约，改为每周一期八开型，红红火火办了近三年，1955 年 2 月 21 日，又因故停刊。一年后，1956 年 1 月 5 日，第二次复刊，改为半月刊，热热闹闹办了五年，于 1960 年第三次停刊。1961 年又第三次复刊，改为 16 开月刊，办了刚一年被子还没焐热又停刊。

上世纪 60 年代初的自然灾害和"文革"十年折腾，刊物空白了 20 年，直到 1982 年 1 月，在广大民警的要求下，《人民警察》第四次复刊。

复刊后，编辑们热情高涨，白天骑着自行车深入基层采访，晚上蜗居在建国西路 394 号的小北间里，披着棉大衣跷着双脚赶写稿件和修改来稿，创业之艰难可见一斑。经过四年多的磨炼打底，《人民警察》于 1986 年公开发行对外亮相，时任主编赵坚、副主编戴雪菁，编委周广稳、姚敏、宗廷沼、陈士镛等老前辈功不可没，他们带领编辑和发行人员精心编刊，抢滩市场，开创了公安刊物的新天地。

80 年代末，《人民警察》搬至绍兴路 21 号小洋楼内办公，开始了新的创业。80 年代至 90 年代，在市公安局副局长顾永和的关心支持下，常务副主编周广稳踏实苦干，在他的具体带领下，编辑们热情高涨，激情编刊，高招迭出。各路作家为刊物友情撰稿，作家有高红十、高正文、彭瑞高、钱勤发、黄志远、沈嘉禄、缪国庆、童孟侯、姜龙飞、章慧敏、李雅民等，公安作家有鲍尔吉·原野、李刚、胡玥、穆玉敏、郭林、郭群、黄土、万静华、范晋川、范东峰、张国庆、胡杰、孙建伟等，高手云集，精品叠出，佳作荟萃，刊物深受社会各级和广大读者好评。

为了及时刊登热点稿件，有许多难忘的轶事。1992 年秋天，我和安徽作家高正文一起赴开封采访"9·18"文物大盗案，老高双腿在当兵时被手榴弹炸断，他撑着两个假肢，步履蹒跚地四处采访。他双手用力搭在我的肩上，明显感到他的艰辛。艰苦的付出换来丰厚的果实，文章在杂志上发表后，获得了当年大奖赛一等奖。不久，作品被北京电影制片厂以 5000 元价格买断版权，导演以武和平等一批侦查员为原形拍出的电视剧轰动全国；北京作家高红十，应邀到上海 803 采访刑警，每天从早晨到深夜连轴转，她一鼓作气采访了十来天，我和王健、宗庭沼，以及邢克军四位编辑轮流陪她采访，大家都惊叹高老师是个不知疲惫的铁女人；还有为了赶写刑警大追捕的头条稿件，时任闵行分局刑警支队长的戴民，白天忙完工作，晚上来到我家写稿，一个通宵赶写出了一万字稿件，第二天又赶回去上班。作者那种深入生活精心采访，敏感捕捉细节的功力，独上高楼的见解和胸襟，以及语不惊人死不休的文学追求，令人感佩，更值得学习。

发行人员也各地奔波，推销刊物，经过他们的辛苦付出，刊物发行上升至 30 余万份。

坚持举办二十多届优秀作品大奖赛

《人民警察》之所以办出特色、质量上乘，与其每年举办高质量的大奖赛不无关系。从 1991 年起，杂志每年年底举办优秀作品大奖赛，将一年内在刊物上发表的作品遴选出精品，邀请上海市委宣传部的领导和上海三大报纸总编辑，以及文化界各领域的领军人物担任评委。先后担任评委的有中宣部副部长龚心瀚，上海市委常委、宣传部部长王仲伟，《解放日报》总编辑宋超、陈颂清，《文汇报》总编辑石俊升，《新民晚报》总编辑丁法章，中国作协副主席、上海市作协主席王安忆，中国作协副主席叶辛，上海市文联党组书记李伦新、杨益萍，上海市新闻出版局局长、上海市作家协会党组书记孙颙，上海市新闻出版局副局长祝君波、陈丽，上海市作协副主席赵丽宏、赵长天、陈村，上海出版协会会长江曾培，上海文艺出版社总编辑郏宗培等文化名人，他们都认真评选作品，给予高度

编辑部同仁讨论选题

的肯定和热情的赞扬。

上海市公安局的历任局长也都积极支持大奖赛，朱达人、刘云耕、吴志明等局长，易庆瑶、程九龙、陈臻等党委副书记、副局长等市局领导，每年都亲临大奖赛评审会。至今已举办24届大奖赛，评选优秀作品对提高刊物质量，鼓励作家撰稿和推进公安文学的发展，无疑起到了推波助澜的作用。

前人栽树，后人乘凉。前辈的智慧和心血，为刊物的不断进步打下了扎实的基础。

通过全体办刊人员辛勤耕耘、摸爬滚打二十余载，喜获累累硕果：刊物先后荣获华东地区优秀期刊奖、公安部金盾报刊奖。1999年1月，《人民警察》又被公安部选定为按期呈送中央政法委书记参阅的重点政法刊物。上世纪90年代是刊物的黄金时代，那时没有网络和微博、微信等新媒体，报刊是阅读的主要对象。

21世纪来临之际，在王建幸主编的带领和杂志社全体同仁的合力拼搏下，编辑部全体同仁戮力同心，优势互补，文字编辑四处奔波，盛情约请全国最顶级的纪实文学作家和公安作家为刊物撰稿。每期刊物出来，读者争相阅读，发行量不断攀升。

2002 年，《人民警察》再创辉煌，被评为"国家期刊百种重点期刊"，当年，全国有一万多家刊物，《人民警察》能从中脱颖而出，可谓百里挑一。《人民警察》已成为上海公安一块响亮的名牌，其辉煌凝聚了几代办刊人的心血，是集体智慧的结晶。

纸质媒体与新媒体融合发展

2004 年，因为刊物整顿，《人民警察》又被迫停刊，在各界领导的关心下，市局党委决定改为内刊。针对内刊的特点，刊物坚持弘扬先进典型的宗旨和"贴近党委中心工作、贴近基层工作实际、贴近广大民警读者"的办刊方针，及时调整栏目，设立了"本期特稿""时代警魂""警界达人""基层热线""出鞘之剑""警察文化人"等栏目，受到了广大基层民警的喜爱。

2007 年初，我担任主编后，杂志社在政治部几任领导的关心支持下，与老社长冯世荣和社长华炜组织策划，协调采访，紧紧抓住公安特点和工作热点，及时组织编辑采写了队伍建设、现代警务机制建设、"三基工程"建设、抗震救灾、奥运保卫、世博盛会、亚信峰会等公安中心工作的文章。

编刊人员既当编辑，又当记者，深入基层一线，大力弘扬先进典型和总结先进工作法。为了赶写世博盛会期间身患重病坚守岗位的英模张浩，我与编辑部主任方培周末两天陪着作家深入 803 采访；为了采写为抢险捐躯的英雄严德海，编辑林楣通宵守在医院采访其家属和战友；为了采访偷盗名画案件，我连夜赶赴长宁分局采访，随警作战，捕捉生动细节。编辑陪作家，或自己先后采写了警界达人阎建军、陈峥、韦健，社区好民警邹克耀、陈德骅，帅交警陈栋，奔奔交警林祁斌等一大批公安部和市局的先进典型。这些文章通过具体生动的文学形式，塑造了鲜活感人的新时代民警形象，增强了宣传效果，在警营内外引起了很好的反响。

此外，刊物还设立了"警官俱乐部""警察文化人""文学粉丝"等栏目，通过内页文章和彩页图片刊登介绍了上海公安民警在文学、绘画、书法、摄影、收藏等领域的才艺，展示了上海民警的艺术修养和高雅情趣。上海市作协公安文学分会近几年脱颖而出的作者有张蓉、陈晨、葛春峰、徐波、吴迪、李佳、葛圣洁等新锐作者，他们的文章接地气，充满生活气息。

　　《人民警察》已成为市局中心工作对外宣传的一个重要窗口；弘扬民警先进典型的一个闪亮平台，也是警察文化人的一个精神家园。其读者范围广，且层次高，读者有公安部、市委领导，和上海的人大代表、政协委员，以及上海 5 万公安民警，其影响力广泛深远。

　　当下，网络和数字技术裂变式发展，带来了媒体格局的深刻调整和舆论生态的重大变化，新兴媒体发展之快、覆盖之广超乎想象。传统媒体与新兴媒体各有特点，各有长短，各有读者，传统媒体更适合中老年，新兴媒体更受年轻人欢迎，两者融合发展已成必然趋势。

　　为了吸引广大的年轻民警读者群，扩大公安宣传面，杂志社从 2015 年初推出了《人民警察》APP，编辑部将每月杂志上发表的优秀文章通过 APP 平台推向社会，吸引了许多社会读者和广大的青年民警。我们以浴火重生的胆识、攻坚克难的决心，传承荣光，大胆探索，锐意创新，纸质网络融合发展，优势互补，再展雄风。

警鸽，蓝天上的"情报员"

如今上海公安虽然用上了先进的通讯工具，有了传真机、电脑和手机，但警鸽在特殊历史时期立下的功勋是不能忘却的，她们在上海市公安局的发展史上功不可没。公安的功劳簿上，应为这些颇通人性的警鸽，浓墨重彩地记上一笔。

旧警察局留下的警鸽一只也不能宰杀

火红的夕阳坠落在鳞次栉比的高楼大厦间，溅起了一片血红。流云滴血，满世界一片辉煌。绚丽壮观的上海大剧院、上海博物馆、人民政府大厦等建筑，巍然耸立在广场四周。一群白鸽倏地从灿烂的天际滑过，撒下一串清脆优美的哨声……

年逾古稀、满头华发的袁建东站在博物馆前的平台上，望着自由飞翔的鸽群，心潮澎湃，激动不已，前尘影事如屏幕般在他眼前幻化叠现。

那是 1949 年 5 月 27 日，大上海在激烈的枪声中解放了。翌日，中共华东社会部副部长李士英、杨帆等十多名解放军代表，身着土黄布军衣、打着绑腿，腰上别着手枪，跳下美国军用吉普车，顺利地接管了国民党上海市警察局。

杀人如麻的旧警察头子毛森，三天前杀害了 9 名中共地下党员，烧毁了各种资料，惊魂落魄地逃往孤岛台湾，留下了几幢人去楼空的高楼和满地狼藉的办公室，还有十层顶楼上的数百羽警鸽。

这些漂亮的警鸽品种很多：有日本侵华时，留下的小巧玲珑的日本鸽；有旧警察用黄金换来的、强健的德国鸽；亦有国民党军统向美国人要来的"大块头"军鸽……这些鸽子曾为军统和旧警察破获地下党组织和旧警察通讯联络立过"战功"。

这些警鸽的来历是为了弥补通讯设备之不足。自1870年始，上海英、法租界巡捕房之间使用了先进的电话机联络，但范围很小。1885年春天，租界巡捕房首先使用了上海第一家电话公司丹麦大北电报公司的电话。1906年冬天，清政府开办了南市电话局，华界警察机构也开始使用了电话。1945年，抗战胜利后，上海市警察局与各分局的电话逐步联网。1946年，已有17个警察分局和市警察局内线电话总机联通，占分局总数的一半以上。至1947年，上海市警察局又购置了新型报话两用机，配合水上、郊区分局和警车使用。但是从全市范围来看，因环境、经费所限，电讯设施数量尚不到需求总量的百分之一。通讯联络不得不靠警鸽来弥补不足。

当时，警察局训练警鸽约300羽，作为辅助通讯，星罗棋布于东西宽约32公里，南北长约44公里的整个市境内，通讯空程达270公里，占通讯的半壁江山。使用警鸽通讯具有不受电源、环境等条件影响，且又节省警力、经费和设备，还有效率高、保密性好（保密情报，可采用密码）等优点。

接管国民党警察局后，有人主张对这些"恶贯满盈"的警鸽，全部斩尽杀绝，然而，共和国上海首任公安局长李士英却清楚，鸽子只是一种为人服务的通讯工具，既然能为军统和旧警察效劳，为何不能为新中国的人民警察服务呢？何况这些鸽子都是品种精良、又经过特殊训练的鸽之精英。

李局长果断下令，警鸽一只也不能杀，全部保留下来，而且养鸽子的旧警察也要留下来，用他们的一技之长，为巩固新生的政权献技出力。袁建东与几位饲养鸽子的旧警察幸运地留了下来，成为新中国上海市人民政府公安局首任"鸽警"，其全称是上海市公安局行政处警鸽股警鸽总站，总站共有8位饲养鸽子的警察。

毛森逃逸前夕，曾安排潜伏了许多特务，他们伺机破坏共和国诞生之初的上海安全，并准备国民党大军反攻大陆时里应外合。为了巩固新生政权，保卫大上海的安宁，当时人民警察的任务极其繁重，他们吃住在警营，日夜连轴转。

上世纪50年代初，新成立的上海市人民政府公安局的通讯工具较为原始，除市区黄浦、新城、南市等公安局设摇把子电话（手摇电话）外，许多偏远的分局和派出所，如高桥、吴淞、杨思、洋泾等，还有郊县分局都没有电话。

那时，上海的治安形势颇为严峻，每天各分、县局都要向市局汇报治安情况和突发事件，市局每天要下发协缉、协查、会议通知等，都离不开通讯联络。在一时电话无法联系的情况下。诸多通讯工具中，警鸽当属最为理想的通讯工具。

湛蓝的天空里，一群警鸽划着漂亮的弧线，展翅飞翔，潇洒美丽。

警鸽为新上海的平安立下了汗马功劳

为便于通讯，上海市人民政府公安局设立了警鸽总站. 地点设在上海市福州路 185 号 10 楼顶层。顶层上有大小鸽棚 7 只，留置鸽棚 1 只。旧警局留下的鸽子非但一羽未弑杀，而且从上百羽警鸽发展到上千羽警鸽，最多达 2000 羽左右。市公安局设警鸽总站，偏远的分局和各郊县公安局，以及偏远的派出所都设有警鸽分站，通过鸽子互放，来达到市局与各分、县局互通信息的目的。

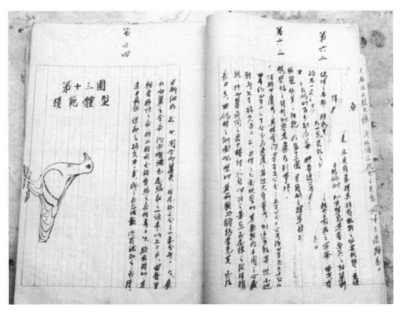

警鸽教材

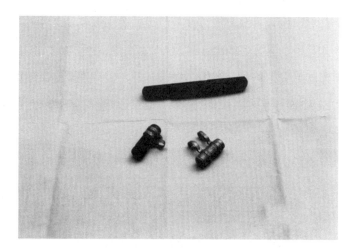

警鸽脚圈

警鸽按工作性质分为单程通讯鸽、往返通讯鸽、夜间通讯鸽三种。

单程通讯鸽最为普通。每天清晨，分局的通讯员将鸽子放在竹子和线绳做的八角折叠笼内，骑着摩托车带到市局警鸽总站，放入留置棚内，又将市局的警鸽带回各自分局或派出所警鸽分站，平时每2小时对放一次，如有特殊情况可随时放飞。

往返通讯鸽，主要是用于路程较远、隔山隔水，通讯员返回不便之地。它们能自来自去。比如吴淞、杨思、高桥、洋泾等分局和偏远的县局，以及金桥、榆林等派出所。

1962年，为防止蒋介石企图反攻大陆，在崇明岛也设立了警鸽分站，这么远的岛上，鸽子展翅翱翔，一小时就可往返。往返通讯鸽的训练方法比较有趣，先是将鸽子放在市局福州路大楼顶层的总站留宿和喂食，但不给其喝水，然后把它们带到各自的分站喝水，训练三次以上，警鸽们就能迅速往返了。所以每次放飞后，这些鸽子渴得直往各自的分站飞速觅水，喝足水，放罢信，鸽子又饿得直飞总站觅食，如此便达到了速去速回的目的。

再一种是比较特殊的夜间通讯鸽，这些鸽子主要是在夜间的环境下放飞。其目的是为了夜间突发事件联络之需。夜间通讯鸽是经过特殊训练而成，其主要训练方法是：白天关在遮黑的鸽棚内，不让其见阳光，晚上八九点钟放飞一次。福州路 185 号大楼顶层设立了 4 只灯，鸽子围着灯光飞翔，再逐步拉长飞行距离。因为鸽子有特殊的地磁感，很快就适应了夜间环境。如警察巡逻时，带上警鸽，有情况时就放飞鸽子，它们能迅速返巢报警。

有次，莘庄地区发生一起命案，那时的命案比较罕见，法医、技术人员闻警迅即赶到现场。技术员勘查时，才发现忘带了取指纹的工具，立即放飞带去的警鸽，地处外滩的市局警鸽总站很快收到信息，马上派人送去。技术员及时取下指纹，经过缜密侦查和比对指纹，很快侦破了命案。

常用的警鸽品种有雨点、灰壳、酱色鸽三种。雨点是品种最精良的鸽子。

鸽子的好歹主要是看其眼睛、翅膀和站立的角度。眼睛分为黄沙眼、桃花眼、红眼，黄沙眼为最好，同时看其内在的眼珠，要明亮，收缩频率越快越好，说明鸽子反应迅速；鸽子的翅膀要看其大毛，一般 11 根以上较好；鸽子站立的角度越直越好，要挺胸收肚，这样飞行时身体的阻力小，飞行速度则越快。

那时，上海市公安局警鸽总站约有警鸽 600 羽左右，与各分县局的警鸽加起来约 2000 羽，每羽警鸽都配有脚环和色环。脚环的材质为铝质，色环的材质有

警察放飞警

　　　　　　　　警鸽，蓝天上的"情报员"

铝制和珊瑚两种；铝制为带形，珊瑚制为带形和螺旋形两种。警鸽的脚环上列有警鸽号码、出生年月，脚环的不同颜色用来区别警鸽各自的用途。

警鸽飞行时携带的工具有布袋、长筒、脚筒三种。布袋放在鸽子的腹下，用一根细绳挂在其脖子上，放较大的纸质材料；长筒放在鸽子的脊背上，用松紧带扣住警鸽的两侧翅膀；短筒则套在鸽子的脚上，放简单的便条用。一般的通讯纸为 11cm×14cm 大小，上面标有"警鸽通讯纸"的字样。

然而，令人头痛的是老鹰成了警鸽的天敌。那时，生态环境很好，苍茫的天穹上，时常出现凶猛的老鹰，黑色的巨鹰虽然没有鸽子飞得高、下滑得快，但老鹰躲在低处，趁群鸽下滑时，瞅准时机猛地飞扑过去，叼走一羽鸽子就飞到楼顶上贪婪地吞食。警鸽总站对面的冶金局楼顶上，常常看到老鹰吃剩的鸽子骨头和羽毛，鸽警见之心痛不已。为了给警鸽创造一个良好的飞行环境，鸽警见到蓝天上飞翔的老鹰，就用枪瞄准射击，曾打下过不少贪婪地捕捉鸽子的老鹰。

随着通讯工具的发展，偏远的分、县局有了电话后，逐步取代了警鸽，但一时尚不能彻底取消警鸽。因为那时还常常停电，电讯系统有时受到破坏。有突发事件时，赶到现场，没有电话，还是离不开警鸽，警鸽已然成为不可或缺的辅助通讯工具。

警鸽又成为和平的象征

警鸽不但作为通讯工具，又作为国庆节、劳动节等节日放飞的重要庆贺道具。因绘画大师毕加索有幅鸽子衔着橄榄枝的名画，象征着和平，且得到了世界的公认，鸽子又成了和平的象征。

那时，每年"十·一"国庆节和"五·一"劳动节，警鸽都集中到人民广场，待少先队员的游行队伍经过主席台时，成千上万羽鸽子倏地一起放飞，满目的鸽子展翅飞翔，其情景实在是壮观美丽，激动人心。

有几羽警鸽，老鸽警袁建东特别宠爱，它们不仅是通讯工具，也成了老袁知心的朋友。那时，运动一个接一个，袁建东是国民党时期留下的旧警察，尽管他老老实实做人，认认真真养鸽，但每次运动一来，他都要被"洗澡"一下。有时，老袁遇到挫折或不顺心时，就独自来到大楼的顶层，双手围着嘴巴，熟练地打一个唿哨，知心的鸽子听到后，在辽阔的蓝天上心领神会地一个潇洒翻滚，迅速展翅下滑至袁建东的肩头和掌上，善解人意地"咕咕"叫个不停。望着可爱的鸽子，老袁会自言自语地与警鸽倾诉心中的苦闷，就像契诃夫笔下的马夫对着老马倾诉一般，倾诉毕，心中便顺畅许多。在运动频繁、家境贫困的年代里，颇通人性的警鸽，成为袁建东的知心朋友和精神寄托。

可惜"文革"中，象征着和平的鸽子，却莫名其妙地成了没有阶级立场、调和敌我矛盾的玩意儿，警鸽们也未能幸免，造反派把警鸽的命也革掉了。市公安局突然一纸命令，使鸽警们培养了二十多年的精良警鸽全部命归黄泉。

那天中午，袁建东去食堂打饭时，看到被宰杀的警鸽成了桌上的佳肴，许多人排队购买鸽肉，品着鸽肉啧啧称香，唯有老袁心里那个痛啊，难以言喻。他望着桌上吃剩的警鸽骨头，禁不住潸然泪下。那几天里，他虽然吃肉，但坚决不吃鸽肉，以示默默抗议。他望着香喷喷的鸽肉，心想这些造反派也太歹毒了。警鸽

鸽警袁建东

何罪之有，人性有时比天上的老鹰还凶猛。

　　警鸽虽然在"文革"中销声匿迹了，但她们在新中国诞生之初，为人民警察及时传递信息，为巩固新生政权和保卫大上海的安宁，可谓立下了汗马功劳。如今上海公安虽然用上了先进的通讯工具，有了传真机、电脑和手机，但警鸽在特殊历史时期立下的功勋是不能忘记的，她们在上海市公安局的发展史上功不可没，公安的功劳簿上，应为这些颇通人性的警鸽，浓墨重彩地记上一笔！

　　转眼六十多年飞速地过去了，但往事如烟也动情。望着人民广场湛蓝的天空上，自由飞翔的鸽子，袁建东的脑海里，突然闪现出一幕幕翱翔的警鸽在辽阔的天际上下翻飞的美丽情景。他伫立许久，突然急匆匆地返回家，情思如春潮般地喷涌。虽然老袁文化不高，但不乏激情，激动中老袁赋诗一首：

警鸽颂

自从上海初解放，通讯工具跟不上。

收发报机经常坏，手摇电话常故障。

赖有警鸽通信网，上下联系不失常。

路远用的"返往鸽"，自来自去送信忙。

"单程"有事随时放，"夜间信鸽"不失盲。

破案没有大哥大，携带信鸽到现场。

今日送进博物馆，历史功勋不能忘。

弄堂口那只小木箱

一夜之间拆除高高的柜台

1957 年盛夏的一个中午。

新成分局（现静安分局）奉贤派出所户口受理室。高高的黑色柜台上只开启了一扇小窗口，里面仅露出一顶白色的大盖帽。窗口外面排着长队，人们焦急地等待着报户口。此时，新成分局局长叶在均身着便装也排在队伍里，他听到队伍中有人悄声议论："派出所的柜台这么高，就像旧社会的当铺。""你还没见民警的脸呢，老绷着。问问他好不耐烦，好像人家欠多还少，与后娘一般。"……

叶局长听到这些议论后，心猛地一颤。他走进户口受理室问值班民警："每天都这么多人排队吗？"对方头也不抬不耐烦地摆摆手说："出去！出去！到后面排队去，谁让你擅自进来的。"叶局长站着没动。"怎么没长耳朵？"民警抬起头来刚想发作，发现叶局长兀立眼前，立马起立敬礼，尴尬嗫嚅："报告叶局长，每天中午是报户口的高峰，其他时间都比较空闲。"这 180 度的大转弯，犹如契诃夫笔下的"变色龙"。

群众的议论，使叶局长意识到这高高的柜台成了民警与群众之间一堵无形的墙，尤其是旧警察冷硬横的恶劣习气，在部分民警身上还有影响。决不可掉以轻心，这事促使他下决心进行整改。

在分局党委会上，叶局长情绪激动地说："今天中午，我在奉贤派出所发

新成分局局长叶在均

63

弄堂口那只小木箱

现户口受理室排队报户口的老百姓在议论我们的柜台太高，像旧社会的当铺，高不可攀，这已成了民警与群众之间一堵无形的墙。"叶局长猛击了一下桌子，果断地提议："我看干脆拆除这个旧警署遗留下来的柜台。你们看如何？"大家一致赞同。说干就干，"稀里哗啦"，木匠昼夜加班。没几天，十多个派出所的柜台被全部拆除。

星期天，叶局长换上便服骑着自行车，明察暗访了几个派出所。他发现户口受理室的柜台虽然变低了，但值班民警脸上还是像刷过糨糊似的绷着，问几句总是那么不耐烦，可谓"金口难开"。

这天的所见所闻，对叶局长触动很大。他深深地悟到：这旧警察署遗留下来的柜台，虽然容易一下子拆除，但要克服旧警察遗留下来的恶习，绝非一日之功。

陕甘宁有个叫马锡五的大法官

新成公安分局坐落在遐迩闻名的静安寺附近，黄色的洋房壮观气派。二楼会议室里，叶局长不无感慨地谈起昨天的见闻，他最后提出要整顿纪律作风。

沉默了一阵儿，有人小心地提醒道："叶局长，整顿作风，就是说我们警察的纪律作风有问题。这样定性是否妥当，我看还是慢慢来。这事可要谨慎些为好。"叶局长激愤地说："慢慢来，到底是来不来？来，就必须雷厉风行；不来，那就干脆别来。这工作作风的问题，绝非小事一桩。你们听到老百姓是怎么议论我们警察的吗？说我们民警整天板着脸，像欠多还少的后娘一样。"叶局长又用食指弹了几下桌子，情绪激动异常："同志，这绝非小事，而是关系到我们到底是人民警察，还是警察人民的根本大事。这样下去，我们就会脱离群众，遭到老百姓的唾骂。"

分局党委为此又作出了关于切实改变工作作风和开展"三亲三员"活动的部署。"三亲"，即对待老年人亲如父母，对待中年人亲如兄弟，对待小孩亲如子女。

"三员"，即战斗员，宣传员，服务员。

叶局长悄然出现在派出所的消息，在民警中不胫而走，那些在户口受理室值班的民警，惟恐再撞到局长的枪口，大家有种草木皆兵的感觉。

这一查一抓还真灵验见效。那天，叶局长还真的又神出鬼没地观察了几个派出所。微笑，在民警绷紧的脸上绽开；热情，从民警的心灵深处流出。这下叶局长着实满意了，紧锁的眉心松开了，脸上露出了笑容。

柜台和作风的问题虽然解决了，但叶局长发现中午还是那么多居民排队报户口，他的脸色又凝重了起来，心想排队拥挤的问题如何改观。

他又来到排队报户口的队伍里，与一位中年妇女聊了起来，他问道："你们为什么都挤在中午来报户口呢？"妇女无奈地摊开双手说："我们上下午都要上班，下班后匆匆赶来，派出所却打烊了。只得趁午休片刻，见缝插针地赶来报户口。谁料到排那么长的队，昨天眼看就要排到了，但一看时间快迟到了，只好匆匆地赶回去上班。今天我没吃午饭就匆匆赶来了。"

那天开完会，叶局长向市公安局局长黄赤波汇报此类现象，黄局长说："世界上没有哪个国家的警察机构晚上是关门的，而我们上海的警察机构晚上关门，这与素有'不夜城'之称的大都市太不相称了。"

根据黄局长的指示，叶局长率先在奉贤派出所开创了 24 小时昼夜办理户口的试点。这一改革试点，大大缓解了报户口难的问题，受到了居民的交口称赞。然而，许多户口还需要补证明待查，居民一时找不到管段户籍警，而户籍警上门又寻不着居民，这两相难见的矛盾，还是无法解决。

一天清晨，叶局长来到奉贤派出所，在门口见一位户籍警夹着厚厚的文件夹下地段，叶局长好奇地说："小伙子，让我看看，你这么厚的夹子里都装些什么来着？"户籍警毕恭毕敬地解释道："这是户口变动申请，这是邻居纠纷笔录，这是两封居民来信……"这位民警带一大堆东西下里弄办公，蓦地给了叶局长一个启示：既然能上门送户口？为什么不能上门办理户口呢？

弄堂口那只小木箱

对此，一些人提出了异议："我们工作本来就这么忙，还嫌不够。真是'事务全在手，忘掉九十九'。""大事不抓，却去抓这鸡毛蒜皮的小事，真是'捡了芝麻，丢了西瓜'。"……

对于这些议论叶局长都置若罔闻，执意推行上门报户口的举措，但办公室有位大学生神情庄重地告诫叶局长："这可不是闹着玩的，这可是个原则问题。它涉及法律问题，居民依法申报户口，这是法律赋予公民应尽的义务，必须自觉履行，我们擅自主张，上门报户口，这是否违法？是否会失去法律的权威性？这是其一；其二，这还是个立场问题，现在解放初期管教的一批反革命分子陆续释放回来了，如果我们上门报户口，为地富反坏右服务，是否丧失了无产阶级立场？"

这一问还真把叶局长吓住了，要知道法律在那时是多么神圣的字眼，阶级斗争更使人"谈虎色变"。

那天，叶局长向新成分局委书记林辉山作了汇报，林书记开始颇赞同他的大胆设想和创新，但一听牵涉到法律和立场问题，也犹豫不决起来。他反问叶局长："你对这事是怎么看的？"叶局长沉思良久，大胆地说："林书记你是从延安来的老干部，你曾给我们讲过陕甘宁有个叫马锡五的大法官，他规定凡是民事案件不开传票，而是自己亲自下田头办案，我们为什么不能上门报户口呢？至于反革命分子，区别对待，我们让他们自己来派出所报户口就是了。"林书记受到了启迪，当即表态："你大胆地干，我支持你！"

老名医发火了

叶局长大胆地在新成分局各派出所推广上门办户口的举措，但户籍警们盲目上门，收效甚微，甚至还闹出了不大不小的风波。

有次，奉贤派出所一位叫冯春松的户籍警，来到辖区一位著名牙医家敲门，敲了几下没有动静，他又敲另一扇门。房内的老名医正在午睡，被敲醒后，心里嘀咕谁这时来打搅，便挂着拐杖蹒跚地前来开门，打开门见无人，却听到另一边的门又敲响了，他又过去开门，还是无人。

老名医追至电梯处，问开电梯的姑娘："刚才是谁敲的门？"姑娘想了下说："有位穿制服的民警刚下去。"老名医听罢顿时冒火了，愤懑地说："民警有什么了不起，民警就能随便捉弄人吗？"老名医边埋怨，边气冲冲地回到房内，一屁股坐在了那只古色古香的红木太师椅上，一把抓起电话机，直拨市委统战部部长刘述周办公室。事也凑巧，中央统战部部长李维汉正好在场，他一听这位身怀绝技的老名医发火告状，顿时担忧了起来。

李部长告知刘部长："这老先生身份不凡，那次我陪周总理来上海，总理还特意买了礼物亲自登门拜访他，他给总理治好了牙病。解放前还给蒋介石镶过牙。蒋也很尊敬他的。"

李部长接过电话，听名医叙述完情况，一时弄不清到底怎么回事，便让人立刻拨通了上海市公安局局长黄赤波办公室的电话。黄局长正在主持开会，一听中央统战部李部长找他，岂敢怠慢，匆匆赶去接电话。李部长说："刚才我接到一位老名医的告状电话，他曾给周总理治过牙病。他告你手下的民警无故上门戏弄他，到底是怎么回事，你马上去查一下，然后带人上门道歉。"

黄局长立刻赶到新成分局叶局长处，说明了事态的严重性，叶局长一听脸色苍白，立即拨电话给奉贤派出所陈所长，命令他立刻找到老名医家的管段民警。户籍警冯春松还丈二和尚摸不着头脑，稀里糊涂地随陈所长来到分局长办公室。

刚进门还没来得及坐下，黄局长劈面就是一顿训斥："谁让你擅自上门的？真是胡闹！"也来不及细问，黄局长带着他们一起上门道歉。进门时，李部长和刘部长已先到了，他见黄局长一行进来后，便打圆场道："我把上海的警察头子给您找来了，您有什么意见尽管提。"老名医气呼呼地说："警察随便敲门，把我吵醒，我去开门又走了，这不是捉弄我老头子吗？"

黄局长虎着脸让户籍警冯春松解释道歉。小冯诚惶诚恐地解释道："我是想上门问您老人家是否要报户口，是否有什么困难需要帮助。我敲了几下门不见动静，又敲了里面的门还是无反应，所以我就走了。没想到这事会造成这么严重的后果。实在对不起您老人家，我不是故意的，请您原谅。"老名医一听原来如此，像孩子似的，忽而又爽朗地大笑了起来："是我错怪了你，小同志，对不起，委屈你了。"

真是一场虚惊。大家绷紧的神经放松了下来。

第一只"警民联系箱"诞生了

警民联系箱

自从那次上门报户口闹出笑话后，叶局长一时犯了难。到底哪家要报户口，或找民警办事，户籍警怎么知道呢？最好通过一种什么恰当的方式，使彼此及时沟通，但又不影响居民的正常生活，叶局长百思不得其解。

那天，叶局长来到奉贤派出所搞调研，有人说贴告示，有的说到居委会去办理，有的说干脆拿个摇铃，像收破烂的一样，边摇铃边吆喝……

大家争论不休，还是没有一个满意的方案，叶局长干脆拉着陈所长的手，来到里弄征求老头老太们的意见。他俩来到陕西路上那个弄堂口时，叶局长蓦地发现了弄堂口挂着一个"肃反检举箱"，他顿时来了灵感，对陈所长说："我们把'肃反检举箱'改为'找民警箱'，问题不就解决了吗？"陈所长茅塞顿开，连声称好。

那时为了搞好肃反运动，每个居委会都挂有检举箱，此刻，运动已拉上帷幕。陈所长回到所里，连夜让民警摘下那只检举箱，用白漆刷掉了"肃反检举箱"上的黑色字样，又用红漆写上了"警民联系箱"。

已是深更半夜了，他们披着清辉的月色，将世界上第一只"警民联系箱"郑重地挂在了陕西路上的那个弄堂口。

世界上第一只"警民联系箱"问世了。居民有什么事，只要写个便条投入联系箱内，三天内户籍警就会上门。这事虽小，却大大方便了群众，得到了市民的交口称赞。

罗部长急切地问："野战军"在哪里

不知怎的，这事传到了新华通讯社上海分社一位记者的耳朵里，他根据群众的反映，写了一篇豆腐块般大小的消息，在《人民日报》的角落里发表了，虽不显眼，却引起了公安部长罗瑞卿大将的重视。

为此，罗部长到上海办完事，特意提出要到奉贤派出所来参观了解情况。那天，市局黄局长和分局叶局长早早来到新成分局门口恭候罗部长的光临。许久，一辆黑色伏尔加小车终于出现了，罗部长身着一身黄色马裤尼军服，那虎虎生威的双耳，令人望而生畏。

第九次全国公安会议发言稿

警民联系箱

　　他一下车就急切地提出徒步去奉贤派出所参观，黄局长小心地劝解道："上海马路上人太多，我看还是坐车去为好。"罗部长顿时板起脸，反感地摆摆手："怎么，共产党的干部哪有怕老百姓的？"他执意要徒步前往。因奉贤所离新成分局太远，只能临时改道，去了就近的江宁派出所。

　　来到江宁派出所，罗部长见会议室里摆放了许多水果，又露出了不快之色，说道："那么穷讲究干吗？"水果很快被撤了下去。罗部长用一只大手抓住杯子，首先听黄局长汇报工作，急性子的罗部长不客气地挥挥手打断他："前面的全免了，专门谈谈'警民联系箱'的事。"

　　黄局长不太了解具体情况，讲了几句原则性的话，让叶局长详细汇报。叶局长汇报了开创24小时报户口和小木箱诞生的经过。罗部长凝神细听，颇有兴致。当听到那段老牙医发火的故事时，朗声大笑了起来。

　　根据罗部长的提议，叶局长在第九次全国公安会议上，专门汇报了《关于上门报户口的几点体会》，得到公安部领导和与会者的充分肯定，并纳入了《公安工作方法 60 条》。大会决定在全国公安派出所推广 24 小时报户口，户籍管区内挂警民联系箱的做法和经验。

居民投信至警民联系箱

弄堂口那只小木箱

纠正违章先敬礼

纠正违章态度蛮横

深秋的清晨，街心花园落满了枯黄的梧桐树叶。一位满头华发、身着灰色夹克衫的老人，像往常一样拄着拐杖在枯叶缤纷的小径里散步。这位白发老翁名叫叶在均，原新成公安分局（现静安分局）局长。他每天习惯地来此转上一个来小时。

这天他来到路口人行道等绿灯时，职业的缘故，老叶对交警的指挥特别感兴趣。他发现这位年轻的交警指挥特别认真，手势标准有力，吹哨短促响亮，尤其是纠正骑车者违章时，敬礼的手势更是有力。老叶打心眼里感到高兴。

当红灯变绿灯时，老叶一时忘了过马路，还木木地站在那儿，神情肃然地愣了许久，往事似一江春潮，涌上心头。

那是上世纪 50 年代末如烟的往事了。是一个初夏的中午，叶局长边骑车，

纠正违章先敬礼

边琢磨着局里的事儿。骑车至路口时，竟忘了看路口的红绿灯，他若无其事地闯了过去。那时的交通岗亭比较高，便于交警观察。坐在交通岗亭的交警见这位骑车者竟敢在自己的眼皮底下明目张胆地闯红灯，顿时气不打一处来，他从高高的岗亭里下来，追上这个骑车人，上前一把拉住他的后背衣服，大声训斥道："下来！你长没长眼睛？到一边去等候处理。"

首创纠正违章先敬礼的叶在均

叶局长恍然大悟，便解释说："噢！警察同志，实在对不起，我刚才正在考虑问题，一时疏忽了红绿灯。"

交警依然一脸怒气，虎着脸严厉训斥道："在马路上骑车不注意看红绿灯，这可不是闹着玩儿的事，万一出了交通事故，你死了不说，家里还有老婆和孩子怎么办？"

这虽然都是关心人的大实话，但用这种表情、这种语调说出来，总让人感到不舒服。

叶局长劝说道："警察同志，你说的全在理，也是为了我们骑车人的安全，但你虎着脸教训人，这种方法让人难以接受。"

"怎么？还挺有理呢。错了还不认错，竟然强词夺理。想不通就到路边呆着，什么时候想通了，认错了，什么时候走。"交警指指马路边的岗亭示意说。

叶局长苦笑着摇摇头，刚准备推车过去，正巧交通中队长路过这里，他看到叶局长立刻下车，举手就是一个毕恭毕敬的敬礼。交警见自己的队长对这位骑车人如此恭敬，着实吃了一惊。

当他明白眼前被自己训斥了一顿的人就是分局局长大人时，不啻是一声惊雷，一时哑然无言，手足无措。

叶局长倒不在乎部下的失礼，反而宽慰道："你年纪还轻，以后对待老百姓，可不能感情用事，一定要想到自己的身份，我们是代表政府执法。你随心地说几句气话可能一会儿就忘记了，但老百姓却会记一辈子，会对我们产生埋怨情绪。"

交警羞愧地一个劲地点头，终于松了口气。

这天中午的所见所闻，对叶局长触动很大，事情虽小，但反映出警察的作风问题，如不及时纠正，久而久之，就会影响警察的良好形象。叶局长晚上躺在床上，翻来覆去地"烙饼"。解放已经好多年了，纠正交通违章，我们的一些交警态度还是像旧警察一样却那么蛮横，板着脸训人，老百姓怎么会高兴，又怎么会拥护我们？叶局长清楚地记得，他跟随第一任上海市公安局局长李士英来到大上海接管旧上海警察局时，陈毅市长有句话至今印象深刻。陈老总在天蟾舞台对国民党遗留下来的旧警察讲话，他形象地比喻说，过去国民党的警察是警察人民，我们要改造旧警察养成的那些坏习气、坏作风。现在我们共产党的警察是人民警察，什么是人民警察呢？比如说，一位黄包车夫拉车来到外白渡桥上坡时，因为车重拉不上去，警察上去对着车夫的屁股就是踢一脚，大声训斥："妈的，快点！"这就是警察人民。如果这个警察上去不是骂人，而是帮助他一起推车，这就是人民警察！

叶局长深深地感悟到：这旧警察遗留下来的恶习，要彻底改变绝非一日之功，但必须重视起来，才能有所改变。

纠正违章应文明礼貌

新成公安分局坐落在遐迩闻名的静安寺附近，解放前是一幢洋人办公的大楼，典雅豪华，壮观气派。

二楼会议室里，叶局长不无感慨地描述着昨天的所见所闻，班子成员议论了起来，有的说确实存在着这类作风问题，而且比较普遍；有的说一些司机，尤其是骑车人警察在时，他们还能遵守交通规则，但警察不在岗亭时，乱穿马路的现象比较普遍，应该好好教育老百姓树立交通意识。大家议论纷纷，感到乱穿马路不是原则问题，主要是加强教育。但叶局长却不敢苟同，他认为这是原则问题，不注意克服，就会有损警察的良好形象，就会影响警民关系。为了改变警察的工作作风，叶局长决定在分局开展整顿作风活动。

叶局长会上提出："交通违章是属于人民内部矛盾，纠正违章不能态度蛮横，随便训人，应态度和蔼，面带微笑。"

有人疑惑地问："执法是一件很严肃的事，微笑执法好像不是很妥当。"

叶局长想了想说："那就纠正违章前先敬个礼吧，交警既然可以向我局长敬礼，为什么不能向老百姓敬礼？"

大家感到有点道理，纠正交通违章先敬礼就这样写入了分局的文件里，并下发到交通队，要求交警认真执行。

开始交警还是有顾虑的，但叶局长抓得很认真，他还穿着便衣骑车微服私访了几次，见到执行得好的交警就及时表扬，执行得不好的就大会小会地点名。

交通队长和指导员被点了几次名后，感到局长动了真格，开始重视起来，并下了死命令，谁再被局长点名，谁写出深刻检查，年底不得评先进。那时人人争做先进，谁被评上先进，敲锣打鼓上门报喜。

几个星期后，叶局长又神出鬼没地骑车来到马路上观察了交警的指挥，尤其是纠正违章的情况。

敬礼，在他们手上举起；热情，从他们心里流出。

这下叶局长着实满意了。脸上露出了笑容，紧锁的眉心松开了。

纠正违章先敬礼在全国推广

一天，公安部长罗瑞卿看到《人民日报》上发表了一篇关于上海新成分局开展"三亲三员"活动的小新闻，虽不显眼，却引起了罗大将的重视。为此，罗部

公安部长罗瑞卿肯定了敬礼的做法

长来上海公干时，专程到江宁派出所来视察了解情况。

那天，市公安局局长黄赤波和新成分局局长叶在均都换上了崭新的制服陪同部长视察。

罗部长来到会议室坐下后，也不客套，开门见山地说："黄赤波你先介绍一下。"

黄局长不太了解具体情况，讲了几句原则性的话，让叶局长详细汇报。

叶局长汇报了"三亲三员"活动中创立 24 小时报户口的过程和警民联系箱诞生的经过，以及纠正违章先敬礼的事。

罗部长听得很认真，对交通民警纠正违章先敬礼的创举颇感兴趣，他兴致勃勃地听完汇报，并随手看了几封群众来信后，不无感慨地说："这很好，你们要抓紧写个报告送我。"

罗部长喝了口水，接着说："周总理指出，民警的形象如何？这是个大问题。毛主席也指出，民警对老百姓要亲切一点，这是个很大的问题。现在群众写来了这么多的表扬信，说明人民群众喜欢我们的警察了。这个警民联系箱和纠正违章先敬礼是密切警民关系的有效途径和良好开端。"

罗部长回去不久，公安部召开了第九次全国公安会议，会上叶在钧局长在汇报"三亲三员"活动的几点体会时，汇报了交警纠正违章先敬礼的做法，得到公安部领导和与会者的充分肯定，并纳入了《公安工作方法 60 条》。大会决定在全国交通队推广纠正违章先敬礼的做法。

会议的最后一天，罗部长作了公安工作走群众路线的报告，重点列举了上海新成公安分局纠正违章先敬礼的经验。

会后，毛主席在中南海紫光阁接见了出席公安会议的代表。各省市出席会议的公安代表激动地屏息恭候，只见毛泽东主席身着灰色的中山装，拍着双手来到大厅，大厅内顿时响起了雷鸣般的掌声。毛主席微笑地挥着手，罗部长使劲鼓掌，许久，罗部长又举起双手示意大家停下，他来到前排的代表队伍前，目光来回搜寻，他急切地问站在前排的黄赤波局长："上海的'野战军'(叶在钧名字的谐音)在哪里？"

罗部长叫出了叶在钧，特意把他叫出来，领到毛主席身边，向老人家作了介绍："这位就是发明纠正违章先敬礼的'野战军'同志。"

毛主席听了罗部长的介绍，脸上露出了笑容，用浓重的湖南口音高兴地说："警察得到了人民群众的欢迎和拥护。很好！很好！"

交警纠正违章先敬礼的创立得到了毛泽东主席的赞扬后，迅速在全国的交警队伍里推广，从此，纠正违章先敬礼成为全国交警的一种制度和自觉行动。

纠正违章先敬礼的总后台是谁

全国推广纠正违章先敬礼的举措后，对树立警察的形象起到了推动的作用，看似一个简单的敬礼，但却拉近了警察与老百姓的距离。这个举动已然成为中国特色的交警执法的习惯动作，对于纠正警察的作风，密切警民关系起到了很好的推动作用。但到了"文革"时期，这个举动却悄然消失了，其始作俑者还受到了造反派的追查。

当时，造反派想整公安部长罗瑞卿的黑材料，追查叶局长时，有人严厉地说："你们开展民警纠正违章先敬礼活动，能保证违章者中没混有反革命分子？向地富反坏右敬礼，是丧失了无产阶级的革命立场，开展这项活动的总后台到底是谁？老实交代！"

叶局长理直气壮地告诫道："这可不是闹着玩的，这是毛主席他老人家充分肯定的啊！"

叶在均夫妇

造反派一听毛主席充分肯定这件事，吓得魂飞魄散，自讨没趣地缩了回去。

往事如烟也动情。如今，当叶在均又见到后生继承了老一辈创立的光荣传统时，其内心的感情波澜没有亲身经历的人是难以体验的。

红灯过后，绿灯亮了，等行人走了些许，绿灯一闪一闪时，叶在均才反应过来，他拄着拐杖步履蹒跚地过马路，这时，路口的交警见状大步流星地走上来搀扶他，一种莫可名状的感情在他的心灵深处呼啸而起。

他紧紧地拉着交警的手，拉着交警来到路边，颤颤巍巍地掏出那张火红的离休证，动情地说："小同志，我也是搞公安的，看见你这么认真地指挥，尤其是纠正违章先敬礼，看到你们发扬了我们公安机关的光荣传统，我很高兴！很激动！"

老人的嘴唇嚅动了几下，欲言不能，蓦地两颗浑浊的、饱满的泪珠滚落下来。年轻的后生颇感为难，搀扶他一下就掉眼泪，感到这个老公安感情也太脆弱了。

然而，年轻人不知道这纠正违章先敬礼的故事和背景，他怎么能理解老局长此时此刻激动的心情呢?

是的，这岂止是一个简单的敬礼，这轻轻的一抬手里面记载着这位白发苍苍的老人在激情燃烧的岁月里艰难创业的辉煌历程，记载着前辈领导人视人民利益高于一切的崇高情怀。

纠正违章先敬礼

仲星火，今天我休息

一

马天民，作为一代警察的楷模，曾激励过千千万万的警察。随着岁月的流逝，马天民在许多警察的心中渐渐淡漠了；新一代的警察也对马天民颇感陌生。为此，我走访了影片《今天我休息》马天民扮演者仲星火老人。

我应约敲开门后，一位面目和善的老人前来开门，虽然开门者已满头华发，但我还是一眼认出了站在门口的老人就是电影里的马天民。

我忙打招呼："马老师，您好！""欢迎！欢迎！"他一笑，满脸的皱花儿开了。我意识到喊错了，忙不迭改口道："对不起，仲老师，一不小心叫错了。"他笑着说："马路上许多观众都这么叫我，说明马天民这个形象深入人心。"我告诉他："五十多年前，由你扮演的片儿警马天民，今天在警察中，仍然具有很强的艺术魅力。"

作者与仲星火合影

"是吗？"仲星火惊讶而又欣喜地望着我，情不自禁地连声道："很好！很好！"

我开门见山地说："仲老师，您能否谈谈当初是如何塑造马天民这个艺术形象的？"回眸往事，仲星火抑制不住内心的激动，沉思片刻后侃侃而谈。

仲星火与警察有缘。今年他已88岁高龄，在六十来年的演员生涯中，他演得最多的要数警察了，他虽然没有当过警察，但却当过兵。他原来是华东军区文工团的文艺兵，解放军围攻大上海时，他正和交响乐《红旗颂》的作曲家吕其明、著名指挥家曹鹏等一批文艺兵在丹阳待命。到了大上海后，首长命令仲星火脱下军装，到电影制片厂报到当演员。那时的演员有点被人瞧不起，被称为戏子。但是他一个立正，坚决服从命令，放下背包和步枪，就跨进了电影厂。

原先仲星火只在木头架子的舞台上演过几个配角，从来没演过电影，摄影灯一亮心里就发慌，因为国家花一元半美金才能买到一英寸电影胶片。他细心地观察那些名演员演戏，仔细揣摩，暗自模仿。

其实，这部片子拍得很快，准备时间也很仓促。那是1959年10月中旬，人们还带着欢庆国庆10周年的激动和喜悦，整个社会一片欢腾。为了配合公安部开展爱民月活动，导演鲁韧接受了《今天我休息》这个剧本，他看完了本子决定选一个"傻大黑粗"的主角，于是，就选了这个部队转业来的仲星火来演主角马天民，仲星火愉快地接受了他的邀请。那时，他已36岁了，孩子都好大了，却扮演一个28岁还没谈恋爱的青年警察。影片中的马天民一出门就有事，找丢包的失主、跳河救小猪、抱孩子送医院等等。这些他都可以不管，不是说"铁路警察，各管一段"嘛，可他就偏爱管"闲事"。其一举一动、一颦一笑都是那么憨厚、那么可爱。他力求塑造的就在这个"憨"字上。剧组夜以继日地赶拍，短短的两个半月影片就拍了出来，于1960年的元旦上映。

仲星火果然不负众望。影片公映后，他一举成名，紧接着导演鲁韧又请他出演电影《李双双》里的配角喜旺，仲星火因此得了百花奖男配角奖。

二

仲星火演过各种各样的警察：比如《万紫千红总是春》中的交通员，《今天我休息》里的户籍警，《405谋杀案》中的刑警，《巴山夜雨》里的乘警，电视剧《大都会擒魔》里的老刑警。他虽然演过刀光剑影、出生入死的刑警；演过风霜雨雪、吃苦耐劳的交警；演过以列车为家、保护旅客的乘警，但演得最成功、最受观众和警察欢迎的，还是《今天我休息》中走街串户、平平凡凡的户籍警马天民。马路上的观众见了仲星火都叫他马天民，他也习惯了这个可爱的称呼。仲星火坐出租车，司机叫他马天民，到商店买东西营业员叫他马天民，甚至他到了美国，还没走下舷梯，就有几个华裔美国人亲切地对他大叫："马天民！"

我不解地追问："为什么马天民这么受观众和警察的欢迎，最具艺术魅力呢？"

今天我休息电影海报

仲星火不假思索地解释道："原因很多，但主要是马天民最平凡、最真实，所以也最可信、最可亲，也最好学。你看，他并没有什么惊天动地的丰功伟绩，也没有刀光剑影的深入虎穴，他只是实实在在地为老百姓做了一些小事琐事，然而，就是这些小事才平凡中显崇高，这正是他经久不衰的魅力所在。"

我好奇地追问："仲老师，你没有当过警察，时间又如此紧迫，怎么会如此成功塑造了马天民这个经典的艺术形象的？"

仲星火将了将萧萧白发，眨巴

着布满鱼尾纹的双眼，笑着说起了当年深入生活的往事。

首先是本子写得好。仲星火最初阅读本子时，一下子就喜欢上了这个幽默生动、自然明朗、充满生活气息的本子，也喜欢上了这个憨厚、朴实的户籍警。后来听编剧李天济说，他为了写好剧本，来到派出所深入生活，吃住在所里，与管段民警一起下户口段体验生活，亲身感受户籍警的一言一行，这时，他还看了《萌芽》主编哈华写的报告文学《第五十一个》，还有一本鲁钝画的连环画《复杂的地段》，其中根据真人真事写了原闸北分局指江庙派出所一位叫马人俊的户籍警，时时处处为老百姓做好事，赢得了老百姓的普遍称颂。居民们有什么线索就及时向他反映，几年时间里，他捕获了80个反革命分子和刑事犯罪分子。于是，编剧李天济就以他为原型，根据自己在派出所的生活体验，塑造了马天民这个来源于生活又高于生活的艺术形象。

当然，更重要的是仲星火自己也深入了生活，有了深切的感受。那时的民警天天睡在派出所里，真可谓"两眼一睁，忙到熄灯"。他们每天上班第一件事就是去弄堂口开警民联系箱，信里都是些婆婆妈妈的小事琐事，什么夫妻拌嘴啦、孩子逃学啦、邻居纠纷啦等等，是是非非没完没了。不管是谁，户籍警收到信后，便立即上门解决，从不拖拉。电影里"多出一个小公民"，就是受到警民联系箱启发的。

三

仲星火最后感叹道："那时的社会风气真好，可谓'路不拾遗，夜不闭户'。不像现在都装着大铁门，窗上也用铁家伙围起来。那时的警民关系可谓水乳交融。"

从他的感叹里，我感到了他对当初社会风气和警民关系的留恋。于是，我又追问他："仲老师，那你对现在的警民关系如何评价呢？"

仲星火有点为难，沉思了片刻发表看法道："现在的警察比过去难当。因为社会风气变了，人口流动更复杂了，一些老百姓对警察有偏见。过去户籍警上门，大家都欢迎。现在户籍警上门，人们总以为这家出什么事了，尽量避开警察。还有交通警，过去纠正违章敬个礼提醒他以后注意就放行了，现在要罚款，违章者当然不乐意了。老百姓对警察产生隔膜感，是因为他们不了解警察。那年我在参加孙道临导演的电视剧《大都会擒魔》时，扮演刑警，我在803体验生活时，一些刑警常常是为了破案，几天几夜不回家，老婆吵到单位里来诉苦，埋怨老公把家里当旅馆和饭店，不管家务和孩子，还有的要闹离婚，他们太不容易了。"说到动情处，仲星火提高嗓门道："警察也是人，也有老婆孩子。只有了解这些警察的苦衷和事迹的人，才会理解警察。作为文艺工作者，应尽力宣传他们，让更多的老百姓理解警察，只有理解了警察，才能支持警察。"

仲星火说罢话锋一转："当然，也有个别警察出了点问题，但这些毕竟是个别的，这么一支庞大的队伍出几个害群之马也是正常的，但大多数警察还是很辛苦、很敬业的，他们是主流、是本质。"

临别，我问仲星火老师有什么话要向警察说，他紧紧握着我的手，毕恭毕敬地说："请代我向警察同行问好！向他们表示最崇高的敬意！"

仲星火扮演的马天民

马天民原型马人俊

老英模的住房很简陋

闻说电影《今天我休息》里的主角马天民的主要原型，是原闸北分局指江庙路派出所一位叫马人俊的户籍警时，我异常高兴，追根溯源地找到了汉阳东路马人俊的家。这是一幢上世纪70年代的五层楼公房。敲门后，一位矮小的老人打开了门，我问他："你就是马人俊同志吧。"他热情地笑着说："是的，是的。"

老马热情地引我进屋，望着狭小逼仄的客厅和里间加起来共20多平方米的房间，我惊讶地问："你还住在这么狭小简陋的老公房里啊？"老马知足地说："是的，女儿儿子都搬出去了，现在宽敞多了。"我望着墙上悬挂的那个一级英模的奖状和那张《今天我休息》的电影海报，不解地问："你是一级英模，难道政府没有给你分过新房？"

老马笑着解释说："上世纪90年代，我在仪表局一家工厂任党委书记时，

马人俊与妻子

有过几次分房的机会，但是比我困难的工人还有许多，所以我把机会都让给了他们。"

听罢我心里顿生敬意。老马不仅是为民执法的好民警，也是个为民谋利的好干部。望着矮小敦实、精神矍铄的马人俊，我又问他："你今年多大了？"老马比画着手势说："80岁了。"

我又问坐在边上的老马妻子："你今年七十几啊？"她笑着说："79岁。"我好奇地问："你和老马是怎么谈恋爱的？"

她笑着说："那是上世纪50年代初，我获得了上海市公安局保卫社会主义建设积极分子的荣誉称号，老马在主席台上给我颁奖，他是全国的先进工作者。他握着我的手问，你是哪个单位的？我说是华山路派出所的。"

马人俊记住了华山路派出所有个叫张盼分的女民警。说来也巧，第二天上午开座谈会时，彼此见面有点脸熟，马人俊一问就是昨天他给颁奖的小张。于是便热情地私下交流起来，就这样一不小心谈起了恋爱，男的20岁，女的19岁。一年后便结为秦晋之好，生有一男一女。

老马的妻子找出了许多马人俊的事迹材料，其中一份1955年的《人民公安报》特别引人注目，那是公安部长罗瑞卿的讲话，其中用红笔画出的文字，都是介绍马人俊事迹的。另有一本1955年的《上海文艺》封面是画家方增先画的人物水墨画《粒粒皆辛苦》，里面有作家哈华写的纪实文学《第五十一个》，还有一本连环画，名字是《复杂的地段》。

我翻阅着这些事迹材料，对老马说："你是上海公安系统第一个英模，请你介绍一下自己当年是如何当上英模的？"

也许是老马作过多次报告，对那些往事烂熟于心，他深情地向我介绍起了那段激情燃烧的岁月。

来到"滚地龙"当户籍警

1950年马人俊15岁，他去报考军校，征兵的人见他年龄尚小，个子又小，所以他两次去报考均未如愿，后来征兵者建议他去报考警察，那时人们对警察的印象并不好，他有些犹豫，经过对方的解释，现在是人民警察，马人俊才勉强去报考，最终如愿以偿。马人俊在龙华郊区搞了一年的土改工作，1952年底来到闸北分局指江庙路派出所担任户籍民警。

上海刚解放不久，社会治安比较复杂，国民党警察局留下的旧警察不少，那时的公安队伍可谓鱼龙混杂。马人俊分管的是中兴路北面一片坟头山，叫淡家湾，那是一片泥滩和坟山，荒草丛生，蚊蝇飞舞。有许多难民为躲避战乱逃到这里安营扎寨。他们以拉黄包车、踩三轮车、捡破烂等聚集在这里谋生。那里是一片荒地，大多数人临时用几根破竹片撑起几张破草席，以此为家。这种能勉强栖身的地方被上海人称为"滚地龙"。一些国民党的散兵游勇和还乡团，以及叛徒等也都逃到这块缺少管理的混乱之处藏身起来，这些残渣余孽禀性难移，称霸一方。人们又称淡家湾为"小台湾""无地洞"。

淡家湾里原来国民党留用的旧警察对老百姓喝五吆六、敲诈勒索，故当地的老百姓瞧不起马人俊，甚至有点讨厌他。这里有400多户人家，5000多人。马人

《复杂的地段》连环画封面

马天民原型马人俊

马天民主要原型马人俊

俊来到这里任户籍警时，才 17 岁。辖区里的老百姓见了这小个子警察，一点也不把他摆在眼里。那时公安机关正在进行镇反，两个月奔波下来，没有一个居民愿意向他吐露真心话，爱理不理，甚至对他翻白眼，马人俊感到难以开展工作，一条线索也没有，他见了所长就躲得远远的，心里愧疚不已。

所长杜守魁看出了马人俊的苦恼，他拍拍马人俊的肩膀问："小马，你的工作干劲大，热情也很高，这些都是好的，但是你别忘了依靠群众啊！这是我们开展工作的基础。"马人俊委屈地说："我们那里的群众都是些拉车的、拾荒的，没有一点文化，觉悟太低了，都看不起我，不支持我。"

坐在边上的吴官名副所长站起来笑着拍拍马人俊，教他一招："这是因为他们还是把你当旧警察看，我们现在是人民警察了。什么是人民警察呢？陈老总说得好，假如有个拉黄包车的车夫拉车上了外白渡桥，见他拉不上去，你上去给他屁股上就是一脚，嘴里骂道：'赤佬，快一点！'这就是警察人民；如果你上去帮他推一把，这就是人民警察。明白这个道理吗？你要先为老百姓做点事，只有取得了他们的信任，他们才会支持你。"

马人俊似有所悟，吴所长开导他说："你们那里的老百姓不是很穷嘛，很需要你的关心和帮助，你要多为群众解决困难，多做好事。你只有把心掏给老百姓，才能以心换心。你只有以行动来告诉他们，新中国的警察是为人民办事的，是人民自己的警察。"

吴所长一句点拨的话，让马人俊豁然开朗，茅塞顿开，也彻底改变了他的思维理念和工作方法。

第二天，马人俊来到辖区，开始留心观察，他发现不少穷人买不起菜，自己圈地种菜，马人俊就主动帮助种田浇粪；一些妇女生孩子后没有条件坐月子，大多第二天就起床挑水干活，马人俊就帮助她们挑水；因为条件差，草棚里没有点灯，老百姓烧饭、洗衣、吃饭、闲聊等都在外面。可是外面是晴天尘土飞扬，雨天水坑泥泞，遍地垃圾，臭气熏天，苍蝇飞舞。

马人俊为了改变肮脏的环境，借了板车拉来了一车又一车的煤屑铺路。没有下水道，就挖明沟。他埋头苦干了六七天，一些年轻人开始来帮忙，后来越来越多的群众都参与进来，一起修路、大扫除、搞卫生。大家见环境焕然一新，都竖起拇指夸马人俊这个警察是个好人，跟过去的警察不一样。

马人俊取得了老百姓的信任，搞好了群众关系后，他们先后向马人俊提供了400多条线索，帮助他捕获了80名隐藏的反革命分子和刑事犯罪分子，马人俊深切地感悟到走群众路线是新中国人民警察和过去旧警察的根本区别，也是人民警察最基本的工作方法。

一级英模受到了毛主席的接见

因马人俊在"镇反"斗争中成绩突出，1955年国庆前夕，赴北京参加"全国青年建设积极分子表彰大会"，会后受到了毛主席等中央领导的接见。晚上周总理在人民大会堂设宴款待来自全国的青年积极分子，当总理一桌桌敬酒时，团中央书记胡耀邦对总理介绍说："这位是上海的青年积极分子。"周总理见马人俊制服上印有编号"上海"的字样，他亲切地问马人俊："你是上海的人民警察？"马人俊激动地点头称是，周总理又问："什么警种？"马人俊回答说："户籍警，户口段有400多户，5000多人。"总理笑着说："不容易啊，是个团级干部嘛。"

1956年4月，马人俊又被公安部评为全国一级英模，到北京出席"全国人民

马人俊获奖证书

警察、治保委员功臣模范代表大会",公安部长罗瑞卿在大会作报告说：上海市公安局模范民警马人俊同志，几年来工作很有成绩，捕获了反革命分子和刑事犯罪分子80名，其中11人是有血债的反革命分子。马人俊为什么这么能干呢？他难道是三头六臂的人吗？大家一看，原来还不是同普通人一样。不过他能够更好地联系群众，群众提供给他的线索材料就有400多件。

中午，罗部长请全国十来个英模吃饭，晚上他又专门带着马人俊来到中南海西花厅周总理家做客。罗部长特意向周总理介绍说："这个警察了不起，他先后抓了80个坏人。因为他专门为老百姓做好事，赢得了群众的支持，群众向他提供了400多条线索。"总理听罢非常高兴，他鼓励马人俊说："评一次、二次劳模不难，难的是一辈子当个好警察，为老百姓服务。"马人俊频频点头。

第二天晚上，会务组招待全国的代表在中南海怀仁堂看评剧《春香传》，马人俊坐在第21排，快开场时，罗部长特意来到他身边，拍拍他的肩膀，说："你坐到前面第六排第五座去。"马人俊赶紧坐了上去，一会儿，毛主席、江青带着女儿李讷走了进来，全场顿时响起了热烈的掌声。罗部长特意将马人俊介绍给毛主席，毛主席与马人俊握握手。这场戏，马人俊是一点也没有看进去，不时地望望坐在前面的毛主席，始终沉浸在兴奋之中。

1959年一个冬天，上海市公安局政治部主任邵健突然来到指江庙派出所，对马人俊说："你今后对自己要有更高的要求，有一部电影马上就要放映了，名叫《今天我休息》，里面的主角名叫马天民，影片的原型主要就是你马人俊。为什么叫马天民呢？就是天天为民服务的意思。"从此，电影主角户籍警马天民成了家喻户晓的警察楷模，影响广泛深远，至今老百姓赞扬好警察还是称为马天民。

听完马人俊生动的叙述，我纳闷地问："为什么人们至今还记得马天民呢？"马人俊想了下说："这主要归功于文艺作品的宣传，我的事迹当时报纸上也宣传了，人们早忘了，而变为小说、连环画，尤其是拍成电影，通过演员的表演，成了经典就会流传下去。"

是的，看来好的文艺作品其影响力是潜移默化的，也是惊人的。我们应该努力通过报告文学、电影、电视等艺术形式来塑造民警中的模范人物，使其感染广大民警，学习模仿模范人物，也使其感动广大群众，使他们更多地理解和支持民警的工作。

仲星火与马人俊

我在马路边捡到一分钱

　　儿歌大王潘振声创作的《一分钱》儿歌，滋润和启迪了几代儿童的心灵。十多年前，他将歌颂警民关系的儿歌《一分钱》手稿无偿地捐献给了上海公安博物馆，他的义举令征集作品的民警深为感动，也赢得了民警的敬重。

　　中央电视台《艺术人生》栏目主持人朱军为纪念故去的儿歌大王潘振声老师，特意邀请了几位儿歌作曲家和上海公安博物馆的退休民警孙浩等人作节目。朱军采访孙浩时，孙浩说起自己与潘振声的交往，颇为动情，声泪俱下。我被潘振声老师的高风亮节和孙浩的真诚待人深深打动，翌晨，找到了孙浩家的电话，下午应约来到了孙浩家采访。

寻觅《一分钱》儿歌的词曲作者

　　房门打开的一瞬，见站立眼前的白发男子竟然就是孙浩，令我感慨万分。几年不见，他似乎变了一个人，真让人感叹岁月无情。

　　寒暄几句后，我便切入正题，好奇地问："儿歌大王潘振声的《一分钱》儿歌手稿，你是怎么征集来的？"说起潘振声老人，孙浩直感叹："他真是一个好人！"感叹后，孙浩向我娓娓道来。

　　1998年，孙浩在参与筹备上海公安博物馆展品时，第一任公安博物馆馆长俞烈对孙浩说："我在马路边捡到一分钱……是描写警民关系的经典音乐作品，我们都是听着这首儿歌长大的，这首儿歌脍炙人口，家喻户晓，而且诞生在上海。你是文艺界出来的，想办法找到作者，向他征集这首儿歌的手稿。"

　　孙浩过去虽然从事过音乐研究，但中国之大，作曲家之多，他不可能都认识，一时没了方向。为难之际，孙浩想起了原南市区区委书记李伦新时任上海市文联党组书记，找找他可能有戏。孙浩冒昧地给李书记打电话说明了缘由，李书记爽快地说："这个没问题，两天后给你回音。"

两天后果然有位上海音乐家协会的同志给孙浩来了电话："文联的李书记让我告诉你，《一分钱》的词曲作者，他叫潘振声，是我们上海人，原在上海人民广播电台工作，但是50年代他被调到宁夏去了，听说现在是宁夏自治区文联的副主席。"

孙浩得知《一分钱》作者的名字后，喜不自禁，感到有姓有名后就有了方向。他一个电话挂到宁夏自治区文联，对方热情地告知，此人80年代已调入江苏文联任副主席。孙浩马上又打电话到江苏文联，对方却警惕地说："电话里又看不到介绍信，怎么知道你是上海市公安局的呢？"孙浩解释说："我告诉你电话号码，你查一下就知道我打的是公安局的内线电话。"对方果然打来了电话，证明无误后，才告知潘振声家的电话。

孙浩激动地打电话到潘振声的家，接电话的正是潘老师，他好奇地问："你是哪位？"孙浩解释说："我是上海市公安局的，我们现在正在筹备公安博物馆，大家都认为你创作的儿歌《一分钱》家喻户晓，是警民关系的代表作，我们想征集这首儿歌的手稿，不知潘老师是否愿意捐献出来？"潘老师听后毫不犹豫地说："你们上海公安筹建博物馆，我赞成，我一定支持，我决定把《一分钱》儿歌手稿捐给你们。"孙浩激动难抑地说："真是太感激了，我马上到南京来取。"没想到潘老师却说："你们不要来南京，我亲自给你们送来。"孙浩有点不相信自己的耳朵，再次得到潘老师证实后才挂了电话。

老人深情地回忆《一分钱》的创作过程

1998年12月21日，一个宁静的冬天，下午4时，俞烈馆长与孙浩来到上海新客站接潘振声老师，他们站在午后的阳光下举着大牌子，潘老师走过来自报家门。俞馆长与孙浩激动地将老人接到大沪饭店，时任政治部副主任应根宝特意赶

潘振声

来为潘老师接风洗尘，饭毕，应副主任对孙浩交待说："你与潘老师谈一下，如果对方提出知识产权问题，我们也应该予以适当的经济补偿。"

孙浩陪着老人来到客房，热情地为老人沏茶，等潘老师一切安排妥帖后，他便与潘老师聊了起来。老人深情地向新认识的警察朋友聊起了自己的身世和当年创作《一分钱》的经过。

潘振声是上海人，1933 年生于青浦县，自幼酷爱音乐，在小学念书时就担任学校合唱队的指挥。抗日战争时期，他小小年纪就上台指挥过《卖报歌》《大刀进行曲》《只怕不抵抗》等抗日救亡歌曲。后因家境贫寒，只能辍学去当童工和报童。解放后，因为喜欢音乐，潘振声考进了上海现代影剧演员学校，1950 年毕业后，为了报党恩，他报名参加了中国人民解放军，当了一名炮兵。春节期间新兵连举行文艺演出，潘振声吹拉弹唱，样样都会，一场下来赢得满堂喝彩。结果因他的文艺特长当上了师部的文艺兵。

1955 年潘振声复员后，民政局的同志见他是个文艺兵，便分配他到上海市徐汇区漕溪路小学任音乐老师兼少先队大队辅导员。这年春天，潘振声尝试地创作了儿歌《我们来到了花园里》，歌声很快飞出了校园，传遍了上海。随着他的儿歌创作的出名，1957 年，潘振声被调入上海人民广播电台任音乐制作人。这时，他情绪高昂，正逢创作高峰期。1958 年，潘振声又创作了儿歌《小鸭子》，歌词里有一句："再见吧，小鸭子，太阳下山了。"有人指责他："太阳下山是影射伟大领袖。"就这样，潘振声莫名其妙地被发配到宁夏人民广播电台。

1965 年，中央人民广播电台"小喇叭"节目组写信给潘振声向他约稿，请他创作一首表扬"好孩子"的歌。潘振声一接到约稿信，马上沉浸在了当年任音乐老师的往事回忆中。

潘振声任少先队大队辅导员时，经常给孩子们上道德教育课，教育孩子们要爱祖国、爱社会、爱学习、爱劳动，要作个诚实的孩子。那时，他放在办公桌上的大头针小盒内，经常堆满了孩子们交来的一分、两分硬币，孩子们拾金不昧的行为，常常拨动着他心弦。虽是一两分钱，但折射出孩子们美好纯洁的童心。而当年在漕溪路口有位交通民警，不管是刮风下雨，还是酷暑严寒，他每天都护送孩子们

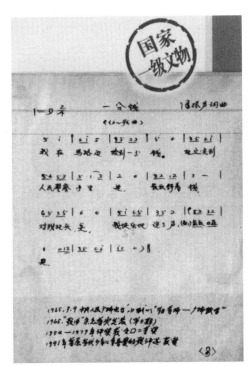

《一分钱》手稿

过马路。到了路口的另一边时，懂事的孩子们总是回过头来挥着小手，稚声稚气地叫一声："叔叔，再见！"并回头目送着警察叔叔远去的背影。这情景深深地印在了潘振声的脑海里。

这幕难忘的情景一直萦绕在他的心头。潘振声创作好孩子儿歌时，这一幕幕真实感人的情景又浮现在了眼前，他感到这是真切的往事，不能虚假，也不能成人化，曲调一定要让孩子们易学易唱，那就要跳跃、优美。他白天冥思苦想，就是没感觉。晚上躺在床上夜不能寐，望着皎洁的月亮，突然家乡的沪剧紫竹调旋律跳入脑海，他立即爬起来拧亮台灯，紫竹调的旋律旋即幻化成带有城市色彩的明快旋律，经典儿歌《一分钱》就这样诞生了。

儿歌一经中央人民广播电台播放，就像插上了飞翔的翅膀，迅即飞向了大江南北，孩子们唱着儿歌去上学、去劳动、做好事。几代儿童的心灵都受到了这首儿歌的滋润和启迪。

往事如烟也动情，孙浩听着老人讲述如烟的故事，激动不已，但是他心里还在担心怎么与老人谈判。

孙浩战战兢兢地对老人提出："潘老师，关于《一分钱》手稿的知识产权问题，你看怎么办？"老人反应极快，他挥着手坚决地说："孙警官，我是一个受过磨难的老共产党员，我知道我的社会责任在哪里，我是共产党的艺术家，上海要建共和国首座公安博物馆，我举双手赞成，我坚决支持，我决定无偿地捐献给你们！"

孙浩听罢心头一热，眼睛有点湿润。他竖起大拇指动情地说："潘老师，我从心眼里敬重您老人家，不仅是因为您创作了一千多首儿歌，更是因为您老共产党员的人品！"

儿歌大王与警察成了忘年交

有了这次特殊的工作联系，孙浩认定了要交这位德艺双馨的儿歌大王为朋友，每年他都会到南京买些礼品去探望这位令人敬重的老人。那年的夏天，孙浩去南京探望潘老时，他们就在潘老师楼下的饭馆里吃饭，潘老师走路背有点驼，孙浩搀扶着他过了马路。

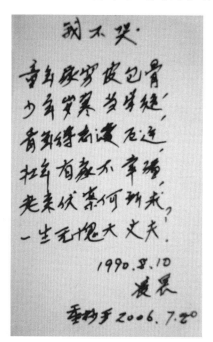

潘老的诗稿

吃饭时，孙浩向老人开玩笑："您的儿歌是警察叔叔搀扶孩子们过马路，现在却是警察叔叔搀扶老人过马路。"老人听了没有笑，却辛酸地说："我背驼是因为在宁夏时，那些造反派用鞭子抽打的，他们用的是钢丝鞭子。"老人掀起了自己的衣服给孙浩看，手上、背上还留有伤疤，孙浩无言，心里流泪。

老人讲起了被发配到宁夏后，娶了一位

女工，没有生育，领养了一个女孩，"文革"时妻子离他而去，真是祸不单行。
这顿饭吃得有点沉闷，老人说着说着念起了自己写的打油诗，孙浩感到挺有意思，便让潘老师写下来，潘老师顺手取出了自己的名片，在背面写上了那首当年涂鸦的打油诗：

我不哭

童年家穷皮包骨，少年岁寒当学徒，

青年得志遭厄运，壮年有家不幸福，

老来伏案何所求？一生无愧大丈夫。

1990.8.10　凌晨

孙浩接过写在名片背面的打油诗，读罢心里是五味俱全，为老人的坎坷一生而唏嘘不已，也为老人的豁达大度而心服。

一来二往，儿歌大王与孙警官熟了，也认了这个知情重义的警察朋友。他们

警察朋友孙浩

我在马路边捡到一分钱

成了忘年交。老人每次来上海探望姐姐，也会给孙浩打来电话，接到潘老师的电话，孙浩都去看望他。有次，孙浩去他姐姐家告知《一分钱》的手稿被国家文物局评定为现代一级文物，老人听罢脸上露出了孩子般天真的笑容。

有次，老人来上海，孙浩去看望他，这天他心情很好，聊起了自己晚年的幸福生活。粉碎"四人帮"后，潘老又恢复了名誉，当上了宁夏文联副主席和音乐家协会主席，后来调到了江苏任省文联副主席，不久，又任中国音乐家协会理事。潘老师的晚年生活总算安定了下来，他整天沉浸在儿歌创作中，形单影只，无暇顾及自己的生活，有热心人为潘老师介绍了一位幼儿园的老师，他们一见钟情，交往了几次就结了婚，老人还有了两个继女，都对他很孝顺，晚年的潘老生活得很幸福。

但他没有放下手中的笔，依然热心地为孩子们写歌，他花了多年时间呕心沥血写成的 56 首各民族的儿歌，充满信心地送到音乐出版社，人家却要收费，而且是几万元，老人纳闷地感叹："博物馆出 20 万元收我的手稿，我都不要一分钱，我为孩子们写歌，为啥这么难？"潘老有点想不通，便找到中国音乐家协会主席、著名作曲家徐沛东，徐主席曾给潘振声颁发过音乐特别贡献奖，潘老师还获得过"五个一"文化工程奖，并且是唯一获得过金唱片奖的儿歌作曲家，但是这些对于市场经济、流行歌曲的大潮来说都无济于事，这成了潘老师终生的憾事。

不管港台流行歌曲如何横扫大陆，但是潘老师的歌毕竟滋润了几代人的心灵。2004 年，孙浩陪潘老师到中央电视台制作《一分钱》的节目，公安部杨焕宁副部长的爱人特意请潘老师和孙浩到家中做客，杨部长特意拿出了存放多年的五粮液，他给潘老师斟满酒深情地说："我们都是听着您的儿歌长大的，来，今天我代表全国的公安民警敬你一杯！"杨部长动情地一口闷，潘老师也动情地一饮而尽，千言万语，尽在一杯之中！

不管潘老师走到哪里，只要提起《一分钱》《春天在哪里》《小鸭子》等儿歌，30 岁以上的人都耳熟能详，都会哼唱几句，他们都会对这位老人表示自己的敬意。这让潘老师感到欣慰。

潘老师晚年过着幸福的生活，孙浩每次去南京都会去探望他，见一对老夫妻相濡以沫，举案齐眉，感到欣慰。

未料，2009年2月，潘老师的妻子突然被查出胃癌，且已是晚期，老人的精神被猛地一击，他每天去医院照顾老伴，由于身心疲惫，老人于3月突发脑溢血倒下了。孙浩闻悉潘老师倒下后，一个月里去了南京三次探望病中的潘老师。第一次和第二次潘老师脑子还算清楚。5月8日，孙浩第三次去探望潘老师时，他已深度昏迷，不能言语，孙浩在他的耳旁大声说道："潘老，你要坚强，全国3000万儿童还等着听你的儿歌呢！"潘老师慢慢地跷起大拇指，眼泪从他的眼角缓缓地流了下来。

2009年5月14日，潘振声老人不幸与世长辞，享年77岁。潘老虽已远去，但他写的儿歌永远留在了孩子和警察的心里，并会一代代传唱下去。

《一分钱》宣传画

　　　　　　　　　　　　　　　　我在马路边捡到一分钱

孙道临，我要拍出中国的"亨特"

艺术家创作了一系列经典作品

1989 年初春，湖南路派出所的指导员来电，邀请我一起去著名演员孙道临家送"警民联系卡"。我那时在上海市公安局政治部宣教处从事新闻报道工作，听说要去见心中的偶像，便欣然前往。

相信 40 岁以上的观众一定熟悉孙道临这位成绩斐然、享誉海内外的著名电影表演艺术家，他所塑造的艺术形象整整影响了几代人。

这位毕业于燕京大学的高材生，以其丰厚的学识和多方面的艺术素养，在银幕上成功地塑造了一系列经典艺术形象，譬如《渡江侦察记》中智勇双全的侦察英雄李连长、《永不消逝的电波》中机智坚贞的地下党员李侠、《不夜城》中民族资本家张伯韩、《家》中忍辱负重的大少爷觉新等光彩夺目、令人难以忘怀的银幕形象，尤其是《早春二月》中的萧涧秋，孙道临以其精湛的演技和学者气质，将一个旧中国苦闷彷徨、渴望光明、追求新生活的知识分子形象塑造得惟妙惟肖，韵味十足，不愧为大师的精心之作和代表作。

因"文革"动乱，孙道临被冷落了十多年。改革开放后，他又迎来第二个艺术春天，满怀激情地先后编导了《一盘没有下完的棋》《非常大总统》《詹天佑》等影片。

孙道临的配音表演同样有口皆碑，颇有建树。他配音的《基度山伯爵》《战争与和平》等影片，都是配音艺术的典范。尤其是《王子复仇记》，孙道临以对莎剧和哈姆雷特人物的深刻理解，以精湛的声音表演，对名作进行了二度创作。其配音的特点，嗓音浑厚，吐字清晰，感情丰沛，高贵典雅而绝无媚俗气，表现出惊人的节奏感和情绪控制能力，其专业素养无出其右。

老演员气质高雅，风采依然！

敲开门的一瞬，发现站在眼前的"萧涧秋"已是满头华发，微微谢顶，当年的年轻潇洒、英武之气已荡然无存，真让人感叹岁月无情，人生如梦。尽管岁月不饶人，但他的一颦一笑、一举一动，仍透出艺术家的风度和浓浓的书卷气。气质高雅，风采依然！

孙道临和妻子王文娟见我们送上"警民联系卡"后，很是高兴。王文娟是越剧演员，曾扮演越剧《红楼梦》里的林黛玉，她拿着小纸卡，反复揣摩，又递给孙道临，孙道临不住地点头说："谢谢你们的关心，以后少不了会麻烦你们。"

那天我们寒暄了几句便匆匆告辞，三年多后，也就是 1992 年 5 月，辽宁省公安厅《水晶石》杂志社的编辑原野兄来上海参加笔会，我陪他一起采访了《今天我休息》里马天民扮演者仲星火先生，那天他非常满意，喝酒时提出："我最佩服的上海演员就是孙道临，此人有文化底蕴，气质亦好。"我说："去过他家。"原野高兴地拍案叫道："太好了。"于是，我们第二天晚上就来到孙道临老师家。他正在看一本厚厚的精装版书籍，我留心观察了一下，是斯坦尼斯拉夫斯基的

作者探望艺术家孙道临

孙道临，我要拍出中国的"亨特"

《演员的自我修养》。那天他特别热情地接待了我们，我们还与他拍了合影。

一年后，我突然接到来自北京的一封信函，用繁体字书写，我一时看不清是哪位老先生的字，仔细辨认，发现是孙道临，一时颇为激动。细看全文，原来是孙道临老师在信中说正在北京拍摄影片《继母》，等拍完片子回上海后，打算拍一部有关户籍警故事的影片，让我两个星期后与他联系。

放下信后，我一直处于亢奋之中。我在想孙道临这样的著名艺术家怎么会想起与我合作的，想了半天才想起《解放日报》正在连载我的户籍警手记，估计孙道临老师看到了我的文章，萌生了拍户籍警片子的念头。

当晚躺在床上琢磨与孙道临合作电影的情景，脑子兴奋得怎么也睡不着。不久前还看了他导演的《雷雨》，与这样的大师合作拍片，可遇不可求，一定会马到成功。我将依靠贵人指点功成名就，也许我还会在片子里扮演一个小角色呢。于是乎，想入非非地进入了梦乡。

在期盼和惶恐中等待了两个星期，我急不可耐地给孙老师家打电话，他热情地约我次日上门。翌日上午，我按时来到孙老师的家。

大热天里，孙道临特意请王文娟买来冰淇淋给我吃，我向他讲述了许多自己当片警所经历的故事，孙道临颇感兴趣。我们商量了多次，他又请来了《枯木逢春》的编剧王炼一起商讨，当我给王老师复述故事时，孙道临不时地补充细节，他的记忆惊人，补充了我遗漏之处。

我们兴致勃勃地讨论了几次，信心十足地准备大干一场，因当年上影厂只有两部片子的额度，因没有名额，拍片的计划流产了。与艺术大师一次合作失之交臂，甚觉可惜。

我要拍出中国的"亨特"

1995 年，孙道临执导了 10 集电视剧《大都会擒魔》，我获悉后特意去采访。

寒暄几句后，我直奔主题："孙老师，你一向从事高雅艺术，怎么也凑热闹拍起了侦探通俗片？"

孙道临爽朗地笑了起来，发表了自己对侦探片的看法："什么高雅通俗，其实艺术的高雅与通俗不在于题材，而在于如何去表现。拿侦探片来说，也有雅俗共赏的好片子，譬如电视剧《神探亨特》《老干探》，还有电影《砂器》《本能》等，还是很有艺术性的。至于我为什么会拍侦探片，并非赶时髦凑热闹，主要是我个人很喜欢这类题材。我从小就爱看《福尔摩斯探案集》，而且许多观众也很爱看这类题材的影视，所以我们就与上海市公安局联系，一拍即合。"

我又问孙道临老师："你这次导演电视剧《大都会擒魔》有什么感受？"

孙道临搂了一下稀疏的白发，条清缕晰地谈起了对中国刑警的感受和拍片的体会：

我和仲星火等演员到上海市公安局刑侦处和几个区刑侦队体验生活，经过一段时间的接触和了解，才渐渐地发现中国刑警的破案套路和人物形象与国外警察大相径庭。中国的刑警不像外国刑警那样单打独斗，也不自由浪漫，但他们非常可爱感人。所以我就从中国的实际出发，不去追求眼花缭乱的打斗动作和男欢女爱的刺激镜头，而是努力塑造他们的艰苦、机智和人情味。

拍片中感受最深的是中国刑警的艰苦性和献身精神。他们破案时不能像美国的神探亨特那般神通广大，警车乱飞，动辄拔枪，中国的刑警没有那么浪漫潇洒，我到了803，还有几个分局的刑侦队，看到他们的办公条件还很差，办公室很拥挤，多人用一部电话机，大多数刑警还骑自行车，为了破案，没日没夜地四处奔波，经常出差千里迢迢去调查追踪，老顾不了家。我在采访中还得知有个别的刑警家属在闹离婚，他们不但身体疲惫，还要承受精神压力，这职业很神圣，但却很艰苦，还有生命危险。

孙道临喝了口水，又站起来为我续水，继续用浑厚的嗓音侃侃而谈：

此外，我的感受是欧美的刑警破案多靠先进的技术和逻辑推理，而中国的刑警破案主要是走访群众调查研究，然后根据老百姓提供的破碎信息，综合推理。群众的支持是我们破案的法宝，这一条很关键。当然，现在社会发展了，智能性犯罪不断增多，尤其是大都市，刑警需要掌握更多的技能，拓宽知识面，比如电脑、英语、摄影等等现代化技能。所以我在拍片时，也注重塑造新一代刑警的形象。不过，社会再发达，技术再先进，依靠群众这个方法千万不可丢，这是中国的特色和绝招。

还有我感受比较深的是国外的侦探片把英雄主义推到极致，多表现单打独斗的孤胆英雄，这些外国侦探不守纪律随心所欲，而我们的刑警则强调组织性纪律性，强调发挥集体的智慧。你看美国影片演的那些侦探，想怎么干就怎么干，甚至还与嫌疑妇女上床。那样拍虽然很吸引人，也挖掘了人性方面的本能及善与恶等深层次的问题，但这不符合我国刑警的实际，我们可不能那样拍。

刑侦处的领导对我们说，现在许多电视剧和电影胡编乱造，一点也不像中国的刑警，希望我们能拍出真正的中国刑警。所以，我在拍片时注重集体的智慧，塑造一个由 5 人组成的整体形象，老中青 3 男 2 女。我们拍摄时，既注意表现老刑警的丰富经验和吃苦耐劳、无私奉献的精神，同时也注重塑造新一代刑警的现代风采。这些年轻的刑警大学毕业，富有朝气，机灵活泼，素质好，有文化，懂英语，会驾车，雏凤清于老凤声。

我们拍摄了《雅典娜的女郎》《抵命》《金发女郎》《追踪紫玫瑰》《女王与古币》等十集电视剧，在中央电视台播出后，受到了全国各地观众的欢迎。所以我们还打算继续拍下去，拍出中国的神探亨特来，让更多的人看到中国刑警的神采！

艺术大师喜欢看《人民警察》

我回家后，写了采访手记《我要拍出中国的亨特》，稿件在《人民警察》杂志发表后，寄给了孙道临老师。他打电话告诉我："喜欢看《人民警察》，里面的案件和刑警都很精彩。"于是，我每期给他寄杂志。

有次，我们杂志的美编小丁想画孙道临老师的肖像，我便带着他来到孙道临家。开始孙道临有点疑虑，我让小丁拿出给我画的肖像，并介绍他是浙江美院毕业的。孙道临看罢，欣然应允。他坐在沙发上做模特，我坐在他对面采访。

我敬佩地说："那年夏天，在上海影城举办的首届国际电影节上，你担任评委会主席，用一口娴熟的英语主持大会，中文也说得文采飞扬，妙语连珠，博得了观众们的阵阵掌声。你在美国留学过吗？怎么英语说得那么流利？"

孙道临

孙道临笑着说："没有在国外留过学，我是燕京大学毕业的，没有出国留过学，主要是靠自学。"我说："孙老师，你不但英语说得流利，你的配音也特别精彩。"

他笑着说："这与我喜欢朗诵艺术有关系，我一直热心推动和参与朗诵活动，现在还担任着中国朗诵协会会长，积极推广群众性的朗诵活动。警察是个铁血的职业，需要文化的滋润。警察有了文化底蕴，执法会更文明规范。你们公安局可以开展一些朗诵活动，我可以帮助你们一起搞活动。"我点头说："好的，我回去问一下。"

可惜我没有完成孙道临老师交给我的任务，颇感内疚。

虽然与孙老师联系少了，但每年收到孙老师寄来的新年贺卡，目睹那精致的贺卡和热情洋溢的祝词，心里便充盈着温馨和感动。有次杂志社的收藏爱好者老周想觅名家的墨宝，托我请孙道临写一幅字，我有点犹豫，打电话问他行吗？没想到孙老师爽快地答应了。几天后就收到了他寄来的书法作品，凝望着苍劲潇洒书法，不由得想起了李白的诗句："桃花潭水深千尺，不及汪伦送我情。"

广播剧《刑警803》的台前幕后

　　广播剧《刑警803》已播出900多集，时间跨度30年，刑警火热的战斗生活通过电波飞入寻常百姓家，803可谓家喻户晓，广播剧至今还受到听众的追捧。803如今已然成为刑警的代名词，803广播剧亦成为上海文化的一个品牌。

《刑警803》的历史由来

　　说起广播剧《刑警803》的由来很是偶然，1987年4月，上海市公安局法制宣传处民警储玉结识了上海人民广播电台剧作家瞿新华。瞿新华感到福尔摩斯破案的故事风靡一时，公安题材成为热门选题，如果电台和上海公安联手举办大型公安题材系列广播剧作品，定能吸引众多听众。

　　上世纪80年代，公安工作对老百姓来说颇为神秘，其原因是公安长年对外封闭，公安人员当初思想也比较禁锢，加上经历过"文革"的老同志，因为吃过里通外国、泄露机密等苦头，还心有余悸，所以一般不对外宣传破案的故事，有时案件社会影响很大，也最多只是豆腐块一般大小的新闻，简单地报道发案、破案和判刑的结果，那也是层层领导把关，一级一级审批。

　　当时，正值改革开放后文艺复兴的大好时机，储玉将电台的这一想法向法制宣传处副处长徐之榕作了汇报，徐处长非常赞同，点头表示可以大胆尝试。

　　翌日，瞿新华和《采风报》的马信芳手持上海人民广播电台介绍信来到公安局，签署日期是1989年4月15日。这份介绍信，成为广播剧《刑警803》正式启动的信号，它就像一座大厦开工典礼的奠基石一样，有着特殊的纪念意义。

　　接着，法制宣传处向市公安局领导呈送了请示，市局领导批准之后，储玉和袁铭山便马不停蹄地落实各项前期准备工作。永嘉路41号市局老干部活动室安排了创作基地，还积极联系市局刑侦处、预审处、档案处和有关分县局，协助剧作家体验生活和了解案例案情。

瞿新华和马信芳首先来到刑侦处拜访时任处长张声华（后任刑侦总队总队长、市公安局副局长）和副处长王自强，商量落实各项具体事宜。张声华感到介绍一下刑警的忠诚奉献精神和艰难破案的故事，未尝不可，只要把握底线，对那些破案手段保密就无大碍。于是，他热情地说："非常欢迎电台组织作家，创作和反映当代刑警的战斗生活，塑造中国公安侦探的英雄形象。作家来什么都可看，什么都可问，积极配合，一路绿灯。"

应该说，促成公安局与文广局"联姻"，诞生出《刑警803》广播剧，两个局的领导起了很大的作用。通过几位"热心人"的穿针引线，剧作家们开始与"803"的刑警交朋友。刑警把体验生活的作家，不仅作为客人和朋友，而且当成"编外警察"，陪着他们跑现场、跟案子、看录像、查档案、参观全部刑侦器材设备操作演练，警犬训练场和验尸所，有的作家感叹："我们解剖了刑侦处。"

广播剧的取名也源自偶然。一天，大家集中讨论剧名、剧中主要人物形象、性格、爱好、相互之间关系等问题时，一位作家说："前天，我们在刑侦处，门卫不让我们进去，储玉与他解释时，我特意留心了大门口挂着中山北一路803号的门牌，要么，广播剧剧名就叫《刑警803》吧。"大家七嘴八舌地议论起来，很快形成了共识，都认为这个剧名好，非常形象，十分响亮，又有神秘感，而且，在公安系统内部，也有用门牌号代称单位的传统。

走进神秘的"803"大门

广播剧将神勇正义、刚强睿智的刑警"803"栩栩如生地展现在听众面前，让上海市民对公安的整体认同感提升了，而当代刑警的铁血风采也震撼了万千听众的心灵。广播剧中的大侦探刘刚、苗震是一代代803神探的缩影，其中更彰显着刑警奋战在刑侦一线的战斗英姿。

中山北一路803号这座大院里的每位刑警都曾是《刑警803》的创作原型，

侦查员走进直播室

那些深入生活的作家们，与刑警们一起出现场、摸线索、同吃住、聊家常、侃大山，一个故事、一个细节、一句话都成了作家们创作的灵感。他们由衷地感叹刑警们都勇于吃苦、甘于奉献、技术过硬，尤其是侦探业务上的领头羊端木宏峪和其麾下的"三剑客"。

端木宏峪是第一代上海刑警的杰出代表，他有着福尔摩斯般的冷静头脑，善于分析推理。他带领刑警侦破了诸多震惊中外的大案，被誉为"四大金刚"之首。继老端木之后，被称作"三剑客"的张声华、裘礼庭和谷在坤打造了80年代那个神探辈出的时代。

张声华是继老端木之后的刑侦处长，他继承了前辈的精于现场勘查、长于案件分析的绝技，又儒雅沉稳。裘礼庭是刑侦处副处长，他踏实细致、有股韧劲，被誉为"宁波汤圆"。谷在坤是大案队队长，他的审讯风格犀利独特，怪招迭出，更擅长在细节和人性上下功夫。

1983年，最蹊跷的一起美女被害案轰动上海滩，几个月的侦破茫然无绪，在年底的最后几天，裘礼庭和张声华、谷在坤一起硬生生地把这起案子攻破了。这年的最后一天，天上飘着细细雪花，裘礼庭一时兴起，就拉着搭档张声华和谷在坤一起到路边的小酒馆小酌，酒过三巡，他不无自得他说，我们三个有点像"青梅煮酒论英雄"。

端木宏峪和"三剑客"成为刑警 803 的杰出代表，但绝大部分刑警都是幕后的无名英雄，他们真实的故事难以广而告之，难以为社会大众所知。例如拼命三郎陈竹山、老干将凌致福、身先士卒刘道铭，大智大勇的邢铁军……

一代又一代"803"侦探被誉为现代的侠士和剑客，但更像东方的福尔摩斯和申城的铁血勇士。

803 曾涌现出几位享誉警界的大侦探，出现过血洒现场的烈士，也有一批荣获各种荣誉的功勋侦查员，更有一批昼夜加班、难顾家庭、默默奉献的侦查员。他们的故事先后被演绎成为广播剧中一个个栩栩如生的人物，一个个扣人心弦的情节，一段段令人难忘的对话。

当年作家们在 803 深入生活时，亲身经历了经侦支队副支队长盛铃发牺牲的壮烈过程。那是 1989 年 7 月 28 日，盛队长带领队员去捕捉诈骗头目钟少棠。盛队长冲进南国酒家一间包房，准备动手时，早有准备的钟少棠倏地拔出尖刀朝队员姚建达腹部刺去，盛队长见状毫不犹豫地拉开队友，挺身冲上去夺刀，凶犯又对着盛队长的腹部和心脏猛刺两刀，夺路而逃。盛队长捂着流血的胸口，忍着剧痛紧追而去，从二楼追到一楼，高喊着抓住凶犯倒在地上，一汪鲜血渗透了洁白的衬衣。20 多年后的世博会期间，作家们进行新一轮采访创作时，又目睹了一级英模、全国五一奖章获得者张浩的感人事迹。身患绝症的小伙子，为了多抓网上的逃犯，将自己的病情诊断书藏在了办公室的抽屉里，日夜工作，直至累倒在岗位上。

全国劳动模范、二级英模、法医专家阎建军听闻张浩病故的消息后，立刻将自己的劳模奖金一万元捐给了张浩的家属。阎法医独创了"阎氏肋软骨学说"，利用肋软骨推断死者年龄的方法，不仅准确，而且迅速，著名华裔法医李昌钰博士等美国同行，也对其学说深表叹服。

还有全国五一奖章获得者、毒化专家、高级工程师张玉荣，以高超的技术、拼命的精神在毒化领域做出了突出贡献。他在破获首起摇头丸案件和制造"冰毒"等一批重大毒品案件中，发挥了不可替代的作用，并编写了几部理论书。上海刑侦战线先后共产生过三位烈士，获得过一级英模和二级英模、全国劳动模范、全国特级优秀人民警察和荣立一等功荣誉的有 22 人，可谓群星璀璨。

如今人、财、物大流动，随之而来的是流窜犯罪、系列犯罪、有组织、侵财犯罪逐渐增多，犯罪总量不断膨胀，靠个人智慧和力量已无法适应破案形势发展的需求，因此那个以神探为代表的时代在继"三剑客"后便画上了句号，取而代之的是集体英雄主义的时代。

"科技强侦、信息导侦"是时代赋予上海第三代刑警的明显特征。通过新一轮变革，"803"初步实现了由电脑取代人手、由"粗放式经营"向"精耕细作"的转变，破案战斗力有了明显提升。

伴随着侦查理念的转变和社会科学技术的突飞猛进，出现了第二次侦查破案模式的变革。这次变革悄然改变以往侦查破案过程中刑侦一家单打独斗、孤军奋战的局面，逐步呈现"诸警联动、警社携手、警企合作下开展的合成战、科技战、信息战、证据战"。新时期的"803"正通过对人才、技术、信息的有效整合，在上海编制出一张打击犯罪的巨大网络，让任何犯罪的人都难以逃遁。

如今的"803"，不单是破案神勇和睿智的代表，更是百姓心中的保护神，上海这座城市因为有了"803"而安全祥和。

广播剧幕后的英雄们

广播剧《刑警 803》塑造了公安刑警刚正不阿、大智大勇的英雄形象，充满了阳刚之气。可是，又有谁知道，统领剧组的其实是几位娇弱的女导演。这几位文质彬彬的女导演又如何能创作出如此豪气的东方福尔摩斯来的呢？

1988 年底，上海人民广播电台祖文忠和瞿新华开始策划制作广播连续剧《刑警 803》。翌年剧本陆续出炉后，他们决定组织两条"生产线"进行录制：一条由资深导演孔玉和从上海广播乐团调来的音乐编辑杨树竟组成；另一条则由雷国芬和资深音乐编辑杨树华组成。当年的制作量是 50 到 70 集，以前一年只能做 20集，于是，加班加点成了家常便饭。从 1989 年到 1995 年，她们整整制作了 39部 206 集老版《刑警 803》。

2000 年，她们又开始了新版《刑警 803》的创作。当时，雷国芬和杨树华忙于参评节目的制作，人手紧张，于是向已退休在家的孔玉导演发出邀请。孔导二话没说，立刻走马上任，担当起了当年 100 集中的绝大部分剧作的导演工作。她老当益壮，青春焕发。1999 年从上海戏剧学院戏文系毕业的硕士生徐国春成为孔导的助手。经过几年的磨砺，徐国春亦能独当一面，自挑大梁了。2011 年，戏剧学院导演系的应届毕业生琚一品又跻身《刑警 803》导演行列。琚一品青春靓丽，能歌善舞会演，增添了新的活力。

从 1990 年到 2011 年，《刑警 803》已走过了 21 个年头，从孔玉、雷国芬到徐国春再到琚一品，虽然三代四位女导演性格各异，但她们身上有着一个最大的共同点：热爱工作，追求作品的品质和精致。也许，这就是《刑警 803》永葆青春、长盛不衰的原因之一吧。

刑警 803 是一个破案的传奇，《刑警 803》则是艺术的传奇。广播剧的 20 多位编剧们，历时 21 年，围绕同一个题材，创作的剧本达到 800 多集，这在全国所有广播剧制作单位中实属罕见。那一篇篇扣人心弦的剧作就是编剧们源于生活、高于生活的杰作。编剧史美俊说，每一次走进 803 大门，就会感到格外兴奋，艺术创作神经特别活跃，眼睛里、脑海中不停闪过一幅幅和刑警有关的画面：一个浑身黝黑的壮汉，穿着花花绿绿的海滩裤，理着鸡冠一样的发型，脖子上戴着粗粗的金项链，趿拉着鞋，推着破旧的摩托车，正慢慢地走向路边的修车摊。你会想到他就是新闻里报道的刚刚破获了重大杀人案的"卧底"吗？网吧电脑前，坐着一个学生模样的文弱者，他把新款游戏玩得出神入化，仅靠几瓶矿泉水几个白馒头支撑着连续打败了数个超级"敌手"。你能猜到他就是破获了跨境网络金融犯罪案的功臣吗？一个五年解剖了大量尸体的法医说，他能从中判断出死者的性别、年龄、身高、体重、死亡的时间、从事职业的范围、生活条件的优劣，以及平时穿鞋质地、品牌等细节……

"803"的刑警谱写了一曲传奇之歌，但由于工作的特殊性，他们很少出现在公众视野中，偶然有机会显身荧屏、杂志、报端，脸部也常常被打上了"马赛克"。所以，广播剧是一种非常适合表现便衣警察传奇的艺术形式。刘刚、沈西、苗震、乔立娜、丁小军成了他们的代表人物，上天入地，穿越时空，用人声、音响和音乐构建的各种环境，达到了惟妙惟肖、如临其境之感。为了营造逼真的现场环境，工作人员还用隔音板搭出了许多房间，用于模拟汽车里、房间内、旷野外的效果。"汽车房"空间狭小，密不透风，而且没有空调，在大夏天酷暑难耐，每次进去录音都像洗桑拿。

在剧中，有一幕是讲刘刚乔装打扮、化装侦查，却遭到坏人怀疑，刘刚生气地摔了个葡萄酒杯，扭头就走。为了完美地表现这个细节，音效师一次次试验，用尽了各种替代方法，导演却总觉得不太满意，有瑕疵。无奈中，音效师只得高价买来一个真的雕花葡萄酒杯，不料在排练时就提前摔了，这货真价实的声音终于让"挑剔"的导演满意了。她高兴地宣布正式开录，这下，音效师急了，说导演，我已经摔了，只有这一个杯子啊！全场大笑。由此可见剧组对细节已经到了苛求的地步，也正是这种追求完美的精神，才锻造出了《刑警803》这一经典剧目。

编剧瞿新华作为策划和开篇编剧，参与运作《刑警803》这个项目十来年，对《刑警803》倾注了深深的情感。他讲述了一个自己遇到的小插曲。在他调入东方电视台后的一天大清早，冷不丁有两个公安便衣找上门来，请他去一次公安局。原来，著名作家戴厚英在家中被害，他的名字因为在这位作家的通讯录上，所以自然被刑警列入了地毯式拉网的调查名单中。两位刑警询问过一些问题后，突然话锋一转要他谈谈对这起初定为他杀案件的看法。他当即不假思索地回答：为什么一定是他杀呢？我认为也有自杀的可能。两位刑警顿时兴奋起来，这难道不是想转移侦查视线的一个破绽？他似乎真成了一个嫌疑对象。

一来二去，当两位刑警搞清了瞿新华曾是 803 广播剧的编剧和策划时，彼此哑然失笑。刑警们有句名言，再复杂的案子，破了总是简单的。而作家们有个惯用伎俩，再简单的案子，破了总是复杂的，所以，这就是瞿新华为什么明明面对一个显然他杀的案子，却偏偏要说成是自杀的原因。

从 2006 年始，刑侦总队政治处葛春峰接手公安联络人这一角色。2009 年，节目又新增了《803 编辑室》这一版块。在徐国春导演的精心设计下，一位又一位侦查员、技术人员走进演播室，畅谈自己的从警理想、直面犯罪嫌疑人时的真实感受、事业家庭两难时的甜酸苦辣，让刑警从剧情后面转到前台，让听众也了解到刑警真实的生活。后来，剧组又新增加了一个"警方小贴士"的板块，成为"803"开展案件防范宣传的一个热点平台。

在《刑警803》的"舞台"上，有乔榛、曹雷、丁建华、达式常、奚美娟、吕凉、林栋甫等许多著名演员友情出演。可谓明星云集，精英荟萃，阵容强大，是广播剧史上所罕见的。

1990 年开播之际，最早为主人公、青年刑警刘刚演播的有两个人：龙俊杰和王玮。当时，龙俊杰在上海戏剧学院导演系工作，王玮在上海电影译制厂工作。广播剧是通过声音艺术来塑造人物形象的，为了更好地塑造刘刚这一形象，他们拿到剧本后反复琢磨，仔细揣摩人物性格和语言特点，并且排练上两三遍，和导演沟通无误后才进棚录制，为一集半小时的剧集时常连续录上三四个晚上，甚至细致到对一个字、一句话也要推敲再三，一遍遍地练，一遍遍地录，直到大家都认为完美了，这一集才算过关。

龙俊杰在演播刘刚时，非常擅长通过笑声来塑造人物形象，来展现智慧、表达态度。无论是刘刚破了大案之后的开怀大笑，还是识破对手伎俩时的轻蔑一笑；无论是从嗓子眼里发出来的哈哈大笑，还是鼻子里冒出的轻轻一哼，不同的笑声里蕴藏了不同的潜台词，刘刚的笑声里有丰富的内涵。有一天工作结束后，龙俊杰和音效师小白骑着自行车回家，音效师把制作音效用的一堆铁家伙装包放在了自行车兜里。正好遇见了在路上设卡检查的警察，警察一拎包，脸色马上变严肃了。大半夜的，两个大男人带着这么一堆铁器，到底想干什么？在弄清事情原委后，警察郑重地向他们敬了个礼，深情地说："我也是《刑警 803》的忠实听众，谢谢你们！"

而王玮在为刘刚演播前，曾为《过关斩将》《谍海风云》《夜鹰热线》等众多大片中的硬汉配过音。他第一次拿到广播剧的剧本后心潮澎湃，深深为刑警刘刚所感动所震撼，反复琢磨台词背后的东西，一度寝食难安，直到脑海里蹦出一个鲜活的刘刚形象后，甚至连他的一颦一笑都那么清晰可见，心里的石头才算落了地。在演播厅里，他十分投入，完全把自己投入到了角色里，在那一刻，他已和刘刚合二为一。

在三十多年的演播生涯中，宋怀强特喜爱苗震这个人物，这是因为苗震与宋怀强的气质特别相似，讲正义、捍卫正义、捍卫社会责任感，这不仅仅是警察的责任，而应该是一个社会人血管中所流动的最基本的血液。

《刑警 803》已成为家喻户晓的文化品牌

《刑警 803》以时间为界，分为旧版和新版。旧版《刑警 803》共分两批录制播出，即 90 版和 94 版。90 版首播剧目是《岚村怪案》，最后一部是《生死搏斗》，于 1991 年 6 月 12 日播放结束，共播出首批 20 部 102 集。从 1994 年 8 月 1 日起，又推出了新编《刑警 803》续集 19 部 105 集，第一部是《太子港行动》，最后一部是黄金系列的《一网打尽》，俗称"双百集"。旧版的 803 就一个刘刚，在 803 之外还有 805、806 等等，此外还有刘刚的助手沈西、女刑警小章等人，剧中刘刚和沈西往往会孤军深入，顺藤摸瓜，这点和 007、亨特有几分相像。

新版《刑警 803》从 2000 年正式开始播出，开篇第一部是《智破无头案》。新版中 803 是一个组织，也就是上海刑警的代号，主要有苗震、丁小军、诸葛平、乔丽娜等人，刘刚升级为副总队长。与旧版相比，新版 803 更讲究整体，讲究团队精神，着力塑造一批有知识、观念新的年轻有为的青年刑警形象，并继续关注社会热点，选取近年来有影响的典型案例为创作素材，采集了许多曾在社会上产生很大影响，群众十分关心的真实案例作为素材，如系列"敲头案"、著名女作家戴厚英被害案、百万玉佛被盗案、留美女博士杀夫案等等，题材更加多样，反映生活面更加宽广，具有鲜明的时代感和独特的新视角。

至 2011 年，《刑警 803》已完成 803 集，成为国内广播系列剧中同一品牌连续播出最长的广播剧。二十多年来，曾有中央台、北京、天津、黑龙江、辽宁、吉林等四十余家电台购买了近 5000 集《刑警 803》节目并播出，使《刑警 803》名扬全国。在走市场化的同时，《刑警 803》也频出精品，共获得全国和上海等各类政府奖、专家奖等专业奖项共计 23 项，其中，多部剧集获得"五个一"工程奖、"中国广播剧奖一等奖"、"中国广播剧研究会专家奖评析金奖"、"'金盾文化工程'金盾艺术奖一等奖"和"上海广播电视奖一等奖"。

当年，为配合《刑警 803》的播出，电台和市公安局公开向社会征集主题歌歌词和插曲歌词，一个多月里收到本市及外地一千多篇来稿，同时还组织了本市专业歌词作家的创作笔会。经过对来稿的筛选评比，最后，选中贾立夫、贾彦的歌词作为主题歌，由电台作曲家、广播剧音乐音响编辑杨树华、杨树静创作音乐。电台还在演播厅举行了主题歌和插曲演奏试唱审定会，征求与会的公安、电台和应邀的专业人士的意见。实践证明，主题曲琅琅上口，非常成功。曾为广播剧演唱主题曲的有李维敏（90 版）、刘欢（94 版）、霍永刚（新版）等大牌歌手。

1990 年 8 月 9 日，广播剧《刑警 803》开播式暨新闻发布会在岳阳路 44 号上海音像资料馆隆重举行。次日，广播剧正式开播。自此，神秘的公安向社会开启了一扇神奇的窗口。

开播后，《刑警 803》便一炮走红，其原因是剧情构思新颖，内容丰富多彩，情节惊险曲折和悬念扑朔迷离，且演员表演生动细腻，音响效果变幻莫测、逼真巧妙，紧紧地揪住了听众的心弦。

《刑警 803》102 集播完后，有关方面曾委托上海市城市社会经济调查队对 500 名听众做过问卷调查。97.6% 的听众对《刑警 803》表示满意或比较满意，90% 的听众要求继续制作播出续集。

电台还在"影视剧"专栏节目中，举办了《刑警803》微型剧评征文，共收到上海和外地听众的2000多篇来稿。

剧中主要人物刘刚，代号"803"，他的婚姻成了听众关心的热点。刘刚无暇顾家，导致妻子钟晔的离异，女儿雯雯也随母而去，但"无情未必真豪杰"，刘刚依然带着自责的心理深深地眷恋着妻子女儿。就在此时，女记者梁达因采访刘刚而对刘产生了情意，刘刚也涌起了心潮，但对妻子女儿的爱使他左右为难，踌躇不定。刘刚情归何处？爱向何方？以及《刑警803》的结尾如何设计？

为此，电台"影视剧"专栏和《每周广播电视报》，发布了征求听众设计《刑警803》结尾的信息，一周内，来信来稿像雪片般飞来。为此，电台于1990年12月22日举办"上海听众话说'803'结尾座谈会"。会上，听众们各抒己见，有的主张"大团圆"，认为刘刚也是富于感情的人，妻子和他分手，没有什么感情分歧，而是一时的不理解，结局应该让刘刚和妻子重归于好。也有人提出应该设计刘刚在追捕持枪歹徒时不幸牺牲，钟晔把对刘刚的爱转为崇高的母爱。这个结局更符合刑警工作的危险性、献身性。还有代表建议不必硬性规定，要留给听众更多的想象空间。

时光如白驹过隙，二十多年过去了，这曲用热血和忠诚谱写的英雄之歌，那优美动听的旋律仍在飘扬；上海文艺出版社结集出版的《刑警803》剧本集，上海人民美术出版社请一些著名画家绘制了一套《刑警803》连环画，由《刑警803》剧本改编的电影、电视剧，至今仍是许多人心中的最爱。

铁杆听众巴金和粉丝们的故事

广播剧《刑警803》以动听的声音飞入寻常百姓家，以她的睿智、惊险吸引着广大听众，以无穷的魅力走进了无数人的心中。她之所以令人着迷，不仅因为剧情的跌宕起伏、故事的扑朔迷离，更因为她让听众感受到了真善美和分辨出了假恶丑，在一个个故事中集聚起正义和果敢，让人们懂得了什么叫责任和担当。

《刑警803》开播后，许多听众在"不见其人，只闻其声"的广播剧里如痴如醉。听众来自各个年龄段和各个阶层，从白发老翁到莘莘学子；从大作家巴金到不识字的老太，尤其是出租车司机，对广播剧情有独钟。

有位叫海星的铁杆听众，不仅听广播，还积极参与《刑警803》剧组推出的微型剧评征文活动，他还制作保存了180多盘珍贵的录音磁带，为了听广播剧多次修理录音机。

在众多的听众中，有一位重量级的人物，那就是当代中国文学界的泰斗巴金。《刑警803》的第一任导演孔玉小时常随父母去巴老家玩，巴老是她最崇敬的作家，巴老非常谦和亲切，即便是像孔玉这样的小辈每次去看他，他都会热情地站起来迎接，告别时也一定会走下台阶穿过花园，送到通往马路的大铁门。那天巴老生日，孔玉拎着一个精心挑选的蛋糕来到巴老的家祝寿。孔导坐在客厅里小酌一会儿便起身告辞，巴老艰难地站起来，执意要送孔玉出门。走出客厅，刚要下台阶的时候，突然听到背后传来保姆小吴急切的声音："开始了！开始了！"巴老一下子就停下了脚步，这时从书房里传来了《刑警803》的主题歌，啊，原来是"803"开始了！巴老很抱歉地说："不好意思，我就送到这里吧，我要去听

巴金说喜欢听803广播剧

'803' 了！"然后又忙着嘱咐女儿小林来送孔玉，孔玉既意外又高兴地愣了半天："您爱听广播剧？""是啊，我眼睛不好，从来不看电视，只听广播，尤其喜欢听你们做的《刑警803》，很不错啊！"小吴在旁边补充道："他每集都不拉下呢！"接着就扶着巴老走进了书房。

《刑警803》不仅吸引了普通百姓、作家学者，还召唤着无数意气风发的小伙子走进了"803"的大门，马杰就是其中的一位。马杰与《刑警803》的缘分说起来是跌宕起伏，柳暗花明。

1992年读中学的马杰还是个乳臭未干的小孩子，他从广播里第一次听到"803"的大名，第一次感受到破案的精彩。故事主人公刘刚的神勇、机智、果敢、坚毅的品质深深吸引了马杰，那一天，他突然萌生了当一名803刑警的想法。高考填报志愿，马杰报了警校，1995年马杰跨进了虹口公安分局的大门。虽然当上了公安民警，但是没能进803而有些惆怅。上班第一天他就问师傅："师傅，如何才能调到803去？""你这小同志，刚刚来就想着换工作，你先把现在的工作干踏实、干好了。再说803不是谁想去就能去的，也不是谁去了就干得好的！"

师傅说的一点也不错，后来马杰慢慢明白，分局的刑侦支队是公安各警种中的精英部队，作为市公安局刑侦总队的803是全市各路精英。马杰坚持8年的不懈努力，终于如愿以偿地成为一名803刑警。

《刑警803》留给我们的启迪

一说起侦探小说，人们自然就会想到风靡全球的柯南道尔的《福尔摩斯探案集》和克里斯蒂的《东方列车谋杀案》；一说起侦探影视，观众们就会提到当年轰动大陆的日本电影《追捕》和闻名遐迩的电视剧《神探亨特》。而一说起广播剧，听众必然会提到《刑警803》，如今803已成为上海刑警的代名词，803广播剧已成为上海的一个文化品牌，一个家喻户晓的名牌。

《刑警803》广播剧的播出，使广大听众了解和理解了刑警，在刑警的侦破工作中，老百姓一听说是803刑警，非常热情，给予了刑警大力的支持和热情的帮助，使破案工作更加顺利，形成了良性循环；同时刑警铲除了社会毒瘤，为上海创造了更加良好安全的社会环境；另外案件的侦破，对犯罪分子也起到了震慑作用，还有广播剧对市民提高警惕如何加强防范也起到了教科书的作用。总之广播剧的播出，公安局和文广局是双赢，取得了很好的社会效益，收益最大的还是公安。

维护社会稳定、打击刑事犯罪等是公安硬实力的体现，但也离不开公安软实力的精神动力和智力支撑。公安文化软实力之所以"软"，是因为它并不具有强制的力量，而是一种文化吸引和精神感召，具有潜移默化、润物无声的特点。公安文化软实力有着凝聚警心、激励士气、提高素质、展示形象等方面不可替代的、独特的作用，其作用是巨大的，更是长久深远的。《刑警803》给我们一个启迪，公安应该充分利用文艺作品对社会心理潜移默化影响的特点，通过诗歌、散文、小说、报告文学和电影、电视，以及歌曲、小品等各种艺术形式，不断推出群众喜闻乐见的好作品，使人民群众在艺术的共鸣中增进对公安工作的了解，在对作品的感动中增加对公安民警的支持。

上海市公安局刑侦总队总队长杨泽强向广播剧领导赠送纪念品

名牌栏目 "东方110"

每周二、周五晚上7点15分,只要坐在电视前,我都喜欢收看"东方110"专栏节目。说到这个栏目,在上海可谓家喻户晓。这个名牌栏目在华东地区,乃至全国电视领域也颇有影响。"东方110"自1993年1月首期开播以来,至今已播放二十多年,播出的总期数已达2000余期。据统计,"东方110"节目收视率始终保持在8%左右,稳居电视台各档节目前列。

"东方110"是上海警方与广电部门合作的成功典范,虽然它创办已二十多年,上海市公安局和电视台的领导,以及记者和编辑也数度易人,但"东方110"却青山不老,绿水长流。每周播出的节目内容越来越成熟丰富,在广大观众中的影响持久不衰。"东方110"这档电视栏目,堪称中国电视界的一个奇迹,也是中国法制文化宣传领域中的一朵亮丽的奇葩。

到电视台开设专栏

满头华发、已退休赋闲的原上海公安书刊社社长冯世荣,向我回忆起了当年创办"东方110"栏目的艰难过程和生动细节。

1991年,冯世荣出任上海市公安局法制宣传处副处长,分管影视科的影视宣传业务。当时,法制宣传处的影视宣传工作已初具规模,市公安局为适应治安取证及对外公安影视新闻宣传需要,在上世纪80年代就已花巨额外汇配置了电视摄录及后期编辑装备,影视科的人员也具有相当高的电视制作能力。

那时影视科创作拍摄的多部专题片和新闻片都曾获得中央电视台及上海电视台组织的各种评比的奖项,如《他的家在长江漂流》《人去人留》等。影视科还承担制作了公安部宣传局交办的反映全国重特大案件、事件的六集纪录专题片。上海公安的影视宣传无论在人员还是在装备上,在全国公安同行中都名列前茅。

冯世荣接受主持人采访

　　90 年代初的几年春节，中国改革的总设计师邓小平都在上海度过。其间，小平同志发表了"改革开放的胆子要再大点，步子要再快点"的新春谈话。春节过后，冯世荣对影视宣传也提出"胆子要大一点，步子要快一点"的想法，他提出不能仅满足于每月拍摄几条电视新闻片，每年摄制几部电视专题片去参赛拿几个奖杯，我们应该到电视台去开设一个法制宣传电视栏目。冯世荣向唐长发处长汇报影视宣传创意设想后，正中唐处长下怀，符合他公安对外宣传要大动作、大发展的理念，一拍即合，确定了公安影视要在电视台开固定栏目的初步打算。

　　有了初步打算，但具体怎么落实，心里还是没底。于是，冯世荣带队先去兄弟省市公安宣传部门考察了解，取众家之长。

　　1992 年 5 月，冯世荣带领影视科的崔士新、郭史颂等三人赴河南省公安厅、广州市公安局和广东省湛江市公安局，考察了他们的公安影视宣传工作。河南省公安厅宣传处在省电视台开办了一档名为"钟与鼓"的公安法制栏目，每周一期，依托省公安条线由宣传处拍摄制作所有播出节目。广州市公安局有一个电视宣传科，他们在广州电视台开设每周播出二小时的固定节目，是商业经营性质。

湛江市公安局只有一位民警负责全局的影视对外宣传工作，集采编制播于一身。这三个地方的影视宣传工作各有特色。经过讨论比较，大家倾向学习借鉴河南模式，他们是依托公安、宣传法制，服务公安、走公安与地方广电合作宣传法制的非商业模式。

有人兴致勃勃地提出由他自己或几个人来承担这个固定栏目的拍摄制作，但冯世荣认为电视栏目要依托整个上海公安战线，要倾影视宣传全部力量，要动用各方面的资源来保证栏目的可持续发展，仅靠几个孤胆英雄也许可以撑一阵子，但不可能保持这个栏目的旺盛的生命力。最终大家形成了到电视台开设专栏的意见。

关键是寻觅人才

万事开头难。法宣处影视科的同仁先到上海电视台与盛重庆台长和金闻珠书记面谈，提出想在上海电视台开设公安宣传专栏的设想与要求。在多年的电视宣传业务交往中，上海电视台的领导及下属部门主任，非常认可上海公安影视宣传的水平和能力，加上当时广电宣传也非常需要法制这方面的内容，两位领导没有犹豫，欣然应允。适逢上海广电系统正在筹建成立上海第二个电视台即"东方电视台"，当时负责上海广电工作的龚学平得知上海公安有与电视台合作开设电视专栏的计划后，他及时与上海市公安局局长朱达人商量，提议将上海公安与电视台的这一合作项目放到即将成立的"东方电视台"去。龚学平的意见是东方电视台是个新建电视台，需要在资源的配置和工作方面给予一定的倾斜照顾，上海公安方面也赞同其建议，故此这个公安影视专栏正式确定落户上海东方电视台。

栏目已定，紧接着就是给这个电视专栏取名。法宣处当时拟定了十多个名称，什么"荧屏橄榄绿""东方卫士""东方警讯""蓝盾警视"等等，最后报到市公安局局长朱达人处，他正式圈定这个电视栏目叫"东方110"。其寓意是东方象征中国、上海这个国家和地域概念，与东方电视台也很匹配，另外当时警方的"110"报警台开通不久也需要扩大影响，而"110"又代表警务工作和警察身份。应该将这档公安影视宣传专栏取名"东方110"，是取之有道、名正言顺，读来也琅琅上口。

"东方110"栏目名称确定后,法宣处就紧锣密鼓物色节目主持人。因为当时电视台节目主持人紧缺,加上公安电视栏目主持人工作节奏快、要适应公安工作,所以要根据这一特殊要求来选拔物色主持人。在市公安局人事部门的支持下,在电视台有关部门的协助下,法宣处向社会发出公开招聘公安电视专栏"东方110"节目主持人的启事,随后,有上百名男女青年应约前来面试考录,但最终没能招录到一名满意的节目主持人。

与此同时,有人告诉冯世荣,上海公安高等专科学校有位快要毕业的女同学有过电视节目的业余主持人经历和特长。他立马赶到公专,张竹校长向他介绍了这位名叫陈海英的女同学的情况。冯处长观察下来,认为她的形象气质俱佳,因其父亲是海军军官,生长在一个军人家庭,普通话也讲得标准,学的专业又是公安政法,冯处长有种"踏破铁鞋无觅处,得来全不费功夫"的感觉。

在公专张校长及市局教育、人事部门的鼎力支持下,决定由陈海英这位女学生担任"东方110"的节目主持人,而且在她毕业前的几个月就到影视科"东方110"节目组参与节目摄制,待她来年毕业时再正式办理分配安置手续。陈海英这位非科班出身的电视节目主持人,她那既端庄又清新的主持风格,符合法制节目的定位与要求,受到了广大观众的认可。

"东方110"主持人的背后,是一个特殊的团队。铁打的营盘流水的兵。开始被称为"八大金刚"的人员,如今只剩下刘正清一位老法师,如今的编导和摄影有复旦大学新闻系毕业的,有上海戏剧学院毕业的,有大学里学影视专业的,也有工程技术大学电视信息技术专业的,还有杂志社当过文字编辑的。这个团队个个都有其鲜明个性及专长,他们优势互补,抱团取暖,火热的公安战线为他们提供了施展才华的绝佳舞台。

"东方110"成为名牌栏目

"东方110"是在东方电视台1993年1月18日正式开播后的第四天,即1月

21 日播出首期的。每周二、周五晚间 7 时 15 分播出。台上一分钟，台下十年功。25 分钟的节目，一般要拍摄 25 个小时，编辑 25 小时。人们常说的"一小时定律"，就是每播出一分钟，背后起码得付出拍一小时、编一小时的努力。

"东方 110"每周要播出两集，每集都是新内容。影视科的同仁集记者、编辑和制作于一身。他们触角敏锐，思维活跃，反应迅速，为了及时播放节目，拍摄不分昼夜，随时赶赴外地拍摄。他们几乎天天忙于在一线采访，尤其是重大典型的刑事案件。他们自己开车、自己扛摄像机，自己带照明设备，自己充电，自己和有关领导沟通，自己和承办民警对话，自己监控录像回放。然后，每期的文本制作都是编导们自己写的，包括导视、节目预告、串联词、同期声、字幕、解说词。

在确定和选择节目内容时，影视科确定了几个报道重点：一是紧扣公安工作的热点，二是挑选老百姓感兴趣的问题，三是围绕公安警务工作选择一些有故事情节、有收视效果的话题。围绕老百姓感兴趣的热点，通过讲故事的方法制作节目，其主要目的是增强可看性。有了可看性，"东方 110"才能一炮打响，才能奠

特别"剧组"

拍摄风雪中执勤的交警

努力寻找最佳角度

名牌栏目"东方110"

定观众中的口碑，才能长盛不衰。

在节目选择和制作中"东方110"及时把公安战线发生的重大案件、事件和政法队伍的各项专项工作，以及公安改革中的重大举措向社会宣传，所以上海凡有重大案件、事件，老百姓都能第一时间在"东方110"节目里看到。另外，影视科逐步把一些政法深层次的问题，以及一些既与公安搭界，又有一定社会意义的题材，也放在节目里来反映和探讨；此外，为了让节目更富有公安特色，增强观众的收看兴趣，在节目的制作过程中，影视科会根据警务情况，邀请市局领导及各警种和各部门的负责人，以及警界达人出任嘉宾主持。

"东方110"的摄影、编导和记者一旦接到采访任务，就像变形金刚一般，几个人迅速组成一支特殊战斗队，独立工作，独立思考，独立采访。早出晚归，日晒雨淋，加班加点，通宵达旦，放弃休息等已成常态。APEC、奥运会、世博会、世游赛、9·8黄金窃案、涉外杀人案、拐卖妇女儿童案、电信诈骗案……二十多年来上海发生的重大活动和大案要案，现场都闪现着"东方110"工作人员的身影。

最典型的随警作战拍摄案例是"肯德基"劫持女孩案。2007年6月6日下午2点50分，一位年轻的妈妈正在一家"肯德基"店柜台上付费，其5岁的女儿就到儿童乐园区玩耍，突然，一个中年男子一把将小女孩劫住，明晃晃的菜刀架到了女孩纤细的脖子上。

突发恶性劫持人质事件，"肯德基"门口围观者越集越多，水泄不通。市公安局局长赶来了，特警赶来了，谈判专家赶来了，狙击手赶来了，"东方110"编导和摄影师赶来了。摄制组立即打开摄影机开始拍摄，注意捕捉现场的每一个细节。歹徒凶残而又充满恐惧的眼睛，谈判专家温和中透出坚定的眼神，潜伏在桌子底下随时准备跃起的4名刑警机敏的目光，待命的狙击手瞄准的姿态，孩子妈妈焦急含泪的眼睛……

这一切都被摄影机捕捉了下来。经过惊心动魄的七小时较量，警方终于成功解救了小女孩。翌日中午将毛片赶制出来，后期制作尚需一天，但市公安局局长决定当晚 7 点 15 分必须播出，因为市民非常关注。

只剩下五六个小时，编导的同时，主持人开始通串联词，开始录像；一直忙到下午 5 点，又开始配音，开始音乐合成，直到开播前几十分钟才大功告成。此时此刻，还缺少一个重要的程序，审核。特事特办，市公安局和电视台负责审核的领导同时到场，共同对节目进行审核。《7 小时的解救》终于准点播出。此片的准时播出，影视科团队协作精神和战斗力可见一斑。

二十多年来，"东方 110"收视率始终保持名列前茅，其报道的节目常常引发社会热议，街谈巷议都是"东方 110"，观众的反映和相关部门的调查统计，都对"东方 110"给予了充分肯定和普遍赞誉。

"东方 110"开播到以后的长期实践中，影视科始终做到三个坚持：坚持法制宣传的主旋律，坚持法制宣传的严肃性，坚持法制宣传的正面社会效果。不为收视率走低级庸俗、血腥猎奇的套路，也不打"擦边球"。对"东方 110"制作的作品要求是：第一要讲好故事，第二要说清道理，第三要以案说法、释法，第四按专题片的规范运用好各种电视元素。"东方 110"不是纯娱乐电视节目，也不是地摊文学，它是政法机关在主流媒体上开办的寓教于乐的电视栏目。它要向观众提供正面信息和警示内容，以及有益的启迪，是净化社会风气的清醒剂，而不能成为污染社会的雾霾。这些制作理念和想法，也是做好文化宣传的基础和责任担当。

在"东方 110"的长期工作中，东方电视台的领导和栏目编辑给予公安全方位的支持和鼎力的帮助，他们参与了"东方 110"的全部制作过程，影视科从他们身上学到了许多电视宣传的专业知识，也从他们身上学到了做人的良好品质。东方电视台的领导不仅在工作上给予公安全力的支持配合，还大力资助影视科在上海连续几年召开全国公安影视作品评比表彰活动，得到了全国公安影视宣传同行的一致好评。

"东方 110"栏目已然成为观众的宠儿，为此，全国不少省市公安宣传部门到上海来考察学习警地合作影视宣传的做法，同时也受到中央新闻单位及公安部的肯定。影视科曾在公安部多次的宣传工作会议上以"东方110"为例介绍了上海警地合作做影视宣传的成功经验和体会。

在"东方110"开办的二十多年时间里，由于其很高收视率和良好的社会影响，受到了宣传部门领导和广大观众的褒奖。中共中央宣传部专门介绍并表扬"东方110"为宣传社会主义法制所作出的积极探索和特殊贡献，中央综治委、上海市委、市委政法委也特别表彰"东方110"。专栏节目获得过全国影视评比一等奖，数十部专题片获得中央综合治理委员会组织的全国法制题材电视片评比一、二、三等奖，还获得过公安部金盾影视奖、上海市电视栏目和专题片一等奖等诸多荣誉，各种奖项不数枚举。金奖、银奖不如老百姓的褒奖，更可贵的是这档电视法制栏目已深入到广大观众的心里。

全国公安影视培训班合影

为东方福尔摩斯塑像

凝聚着"刑警803"（上海市公安局刑侦总队）精神风范与人格力量的东方福尔摩斯端木宏峪塑像和刑警之魂纪念墙，已然成为上海的一道亮丽风景，更已成为一座凝聚警心、净化灵魂、激励后生的教育基地和精神家园。

端木宏峪走完了传奇的一生

1995年9月3日，原上海市公安局刑侦处处长端木宏峪充满传奇色彩的人生画上了句号。可以说他是带着积劳成疾的疲惫与对这个世界无限的眷恋溘然长逝的。

1927年1月，端木宏峪出生于古城苏州的一个轿夫家庭，原名蔡承彦。父母虽没有文化，但却深知读书之重要。他们每天踏着晨霜，到四五里外的城里拉车、卖菜，赚得几个铜板就供给了儿子求学。穷人的孩子早当家。蔡承彦果然不负父母厚望，品学兼优，尤其是迷上了当时流行的侦探小说，他由此梦想成为一名中国的福尔摩斯。

而这在当时毕竟只是梦想，贫困使他饱尝了生活的艰辛。1942年，只有15岁的蔡承彦为了生计，虚报为18岁，迫不得已当了宪兵。1946年10月，在地下党的感召下，蔡承彦悄然投奔至华东野战军陈毅麾下。为纪念新生，从此改名为端木宏峪。

转战南北出生入死，枪林弹雨九死一生。1948年11月，具有初中文化水平的端木宏峪被

端木宏峪

调至济南市公安局刑警队，终于圆了他的福尔摩斯梦。1949年5月27日，端木随着第一任上海市公安局局长李士英接管了上海市警察局，从此开始了他艰辛而又传奇的侦探生涯。

共和国诞生之初，端木宏峪英雄虎胆，深入虎穴，他乔装"匪徒"，同散兵盗匪斗智斗勇，与战友里应外合，生擒18个匪徒；他率员巧破国民党残兵游勇持枪抢劫上海滩老板系列大案。50年代初，他从一副算命扑克牌入手，追踪觅迹，智破轰动申城的"咸肉碎尸案"；他采用并案法，成功侦破了沪上首例储蓄所巨款被盗案，初露锋芒，脱颖而出。

60年代，端木宏峪面对刀柄上的血指纹，相信技术但又不迷信技术，终为冤者昭雪，使罪犯落网，连破凶案，从此名声大噪，被誉为上海市公安局刑事侦查处"四大金刚"之首。"文革"动乱，他身陷囹圄，受尽折磨，下放劳动，蹉跎岁月。

70年代末，53岁的端木宏峪迎来新生，重新归队，老当益壮，一腔热血，奉献公安。他秉公执法，复查积案，明察秋毫，破案功夫日臻圆熟。

大侦探端木宏峪

老端木分析案情

80年代，端木宏峪出任刑侦处处长，先后指挥侦破上海印钞厂巨款被盗案、于双戈持枪抢劫银行案、美领馆财物失窃案、日本游客小林康二宾馆被害案等一系列震惊中外大案，威名轰动上海滩，其侦破水平发挥极致，步入了辉煌高峰。

90年代初，端木虽离休赋闲，但他不甘沉寂，重新出山，发挥余热，智擒"东北虎"，老姜更辣。

端木宏峪被美国驻沪总领事誉为"东方福尔摩斯"，他的传奇生涯和侦查功勋，通过报刊、书籍和电视传遍上海滩，乃至全国各地，美名天下颂扬。

神秘女子捐款为大侦探塑像

1995年9月18日，一位身着白色连衣裙的女青年慕名来到了《文汇报》，她当面将一封信交给了政法部记者王宝来。姑娘在信中说，读了昨天贵报发表的追忆端木宏峪的文章，感动不已，思绪万千。一代名探四十余年的不凡人生，无私无畏，扶正祛邪，令人肃然起敬。为此，她郑重建议，在人民广场和平鸽飞翔的

端木宏峪雕塑

草坪上，给这位为上海人民的安宁付出毕生心血的神探塑一尊雕像，以示纪念。

女青年想象一代名探在鸽群环绕中安详微笑，实在是一幅和谐的美景。在信中，她还夹着300元钱，并表示在春节前一定汇齐1000元，作为雕塑的费用。这一点钱，虽是杯水车薪，但毕竟表达了她的一片心意。信后署名为"人间女儿"。

读罢来信，记者立刻追出办公室，而女青年早已销声匿迹。

三个月后，女青年果真又陆续寄来700元，那时一般人的工资收入只有几百元。记者被神秘姑娘的诚意所打动，遂将此信和捐款送到了刑侦总队宣传科。请宣传干部小仲代转时任总队长张声华。

张总队长读罢来信，捧着捐款，亦被女青年的真诚义举深深感动，决定考虑"人间女儿"的美好建议，为老处长、一代名探塑造一尊铜像，供后辈瞻仰。

张总队长首先想到的是找到那位"人间女儿"。于是，他叫来了政治处主任周国强，将信函和捐款交给了他，请他负责去侦破这个特殊的"案子"，尽快找到那位神秘女青年。同时，立即着手物色上海滩上最好的雕塑家，为老处长雕像。然而，茫茫大上海，何处觅踪影？

"破案"暂且搁下，周主任和小仲更急的是完成塑像的任务。他们通过书法界朋友，结识了上海油雕院教授、雕塑家吴慧明女士。她曾采用变形抽象的手法，创作了两位少女托起一个地球的雕塑，这尊名为《升》的艺术珍品，走出国门，矗立在了联合国大厦的草坪上，受到世人的赞誉。

1996年初夏，吴慧明与丈夫——上海油雕院院长、著名油画家邱端敏应约来

向端木老处长塑像鞠躬

向端木老处长塑像献花

为东方福尔摩斯塑像

到 803 会议室。这对艺术家夫妇没有名人架子，听说要为大侦探塑像，立即放下手上的创作，慨然应允。吴教授自信地说："我要从神探的塑像上，塑造出刑警的智慧和力量。"

为了塑好东方福尔摩斯塑像，吴教授全身心地投入其中，不顾炎热，多次来到 803 采访老端木的战友和亲属，参阅了大量资料和电视录像。老端木那嫉恶如仇、大智大勇、执着坚韧、无私无畏的精神深深打动了女艺术家，也激活了她的创作灵感。

吴教授几易其稿，花了半年心血，终于完成了这尊充分展示端木处长 40 年侦探生涯辉煌历史的铜像。端木身着便衣，额上的皱纹记录其风雨沧桑，那深邃锐利的目光穿越时空，令好人肃然起敬，亦令歹徒望而胆寒。

1998 年 12 月 26 日，中共上海市委常委、市公安局局长刘云耕，市公安局副局长张声华等领导怀着崇敬的心情，为铜像举行了落成揭幕仪式。上海市公安局刑侦总队总队长吴延安在仪式上深情地说，端木宏峪身上集中体现了刑警的精神风范和人格力量。他号召 4000 多名上海刑警向警界楷模端木宏峪学习，不畏艰难，勇于创新，再立新功。

然而，"人间女儿"究竟是谁？刑侦总队通过特殊手段终于打探到她的下落。出人意料的是，她居然还是位生活拮据的下岗女工，在自顾不暇的窘境下，为了了却美好的心愿，花了半年时间，省吃俭用积攒了 1000 元，隐姓埋名慷慨捐出，其精神境界令人感佩。女青年的善举较之那些一掷千金花天酒地的大款来，实在是云泥之别。

是的，一个人的贵贱尊卑，不是取决于财富地位，而是取决于人格高下。刑警们多么想当面向这位人间好女儿道一声谢谢！但刑警们生怕打破了女青年平静的生活，为尊重她低调不愿张扬的愿望，最终没有打搅她。上海刑警们认为"人间女儿"的心愿就是上海人民的共同心愿！

1999 年 1 月 4 日，刑侦总队大院内，一位身着黑色衣服的女青年手捧鲜花，突然来到端木宏峪的塑像前。她神情肃穆，深情地注视着那尊满脸沧桑、凝眸沉思的铜像，长长地吁了口气，脸上露出了欣慰的笑容。尔后，虔诚地向塑像三鞠躬，将手中的鲜花轻轻地放在了铜像基座的大理石台阶上，随后悄然离开了大院。

神秘的献花女子，立刻引起了许多人注意。正在伏案写稿的宣传干部小仲闻讯后，立即奔出办公室，匆匆来到大院，可惜黑衣女子已然离去。小仲若有所失，来到端木塑像前，随即捧起那束芳馨飘逸的鲜花，反复查看，没有留下片纸只字。小仲脑海里又生出了一连串疑问。两年多来，踏破铁鞋无觅处，他一直在苦苦寻觅这位神秘的"人间女儿"，可今天，她蓦然出现，却又在眼皮底下失之交臂。

庄严墓碑耸立

坐落在上海佘山、天马山风景区畔的福寿园，是一座新崛起的沪上新景观，人与自然相谐，文化氛围浓郁。花园依山傍水，风景秀丽，是上海滩上难得的一块风水宝地。墓地气势恢宏，占地270亩，里面安卧着诸多已故的政界要人和著名艺术家。

1997年1月，端木宏峪的姐姐应邀前来参加一位朋友的墓碑落成仪式。如同发现新大陆，她对这块墓地产生了浓厚的兴趣，回家后便告知了端木宏峪夫人。端木夫人正在为丈夫的骨灰安放一事犯愁，她来到刑侦总队政治处请求组织出面，帮她联系安葬事宜。政治处主任周国强带领老干部科的老缪，热情地陪端木夫人来到福寿园勘查。然而生活清贫的端木夫人，省吃俭用节约下来的一万元，实在微薄，无法在此觅得一块理想之地。总队意欲补贴，仍然杯水车薪，难以如愿。

不久，周主任赴美国考察，他走进大西洋彼岸的纽约警察局，见大厅里一排排浮雕和金色的英文字母赫然醒目。美国同行告知，这是纪念警察局历年来捐躯殉职的人员名单。周主任凝望着墙上的浮雕和名字，怦然心动。他没想到，美国人还这么会做"政治思想工作"。这比我们的橱窗画、黑板报、拉横幅之类的形式更加激励人心，亦更加恒久深远。之后几天，周主任走访了美国许多警察局，走进大厅，都无一例外地见到了光彩夺目的金色名单。这件事给他旅美之行留下了最为深刻的印象。

返沪以后，周主任向吴总队长谈了借鉴美国警察局建一座刑警纪念碑的想法，得到了总队领导的首肯。吴总队长蓦地想起，福寿园总经理王计生正是自己同班同学，便打电话联系此事。王总听说一代名探端木宏峪，勇追逃犯、血洒南国酒家的英雄盛铃发等人的名字后，被他们的卓著功勋和英雄壮举深深感动，一口允诺，同意合作，大力赞助，为英烈树碑立传。

周主任和老缪再次陪同端木夫人来到福寿园，他们精心挑选了原副市长张承宗墓碑前的一块墓地。

为使纪念碑造型独特、恢宏壮观，福寿园面向社会征稿，许多艺术家踊跃参与。经专家评定，福寿园艺术创作室设计师周贝贝造型独特的应征稿件中标。架着金边眼镜略显发福的周先生指着图纸向前来采访的记者解释：主碑由抽象的高山、低垂的战旗、闪烁的警徽、铜铸的宝剑和石雕橄榄枝组成。高山、战旗隐喻英烈的崇高；警徽是神圣职业的象征；宝剑和橄榄枝，则象征斩除邪恶、捍卫和平。长墙中央的汉白玉花环表达了人民对先烈功勋的崇敬和怀念。刑警墙长4米、高2.1米，座盘1米，墙的正面、背面各有54个方块，加起来108块，象征108位英雄好汉。

春寒料峭，嫩绿点点。我前往福寿园墓地风景区采访，见园外一条清澈的仙人湖，环绕湖心点缀着古色古香的亭台和造型典雅的九曲桥。入口处前的神道两侧，矗立着两排翁仲、石马等12对造型古朴的路神。一座佛殿式建筑，雄伟壮观，几羽白鸽上下翻飞，袅袅佛音飘浮空中，使肃静之地增添了几许庄严的气氛。

荷花池畔的草坪上，造型各异、形态生动的各种雕像，犹如浮动在花的海洋一般。漫步其中，凝望一座座肖像、解读一本本人生书卷，令人感慨良多。这里已不再是单一的墓地，而是注入了深邃含义的人文景观，堪称一座庞大的"露天

作者在刑警纪念墙前留影

博物馆"。

　　行至刑警墙前，我的第一感觉是壮美凝重，较之其他墓碑更显大气。灰色的长墙上镶嵌着八块金光闪闪的铜牌，上面镌刻着逝者的英名。他们是：阎庭胜、杨玉芬、盛铃发、胡立刚、相其珍、苗雁群、于海连、王自清。虽然墙上没有记载他们的壮举和功绩，但每块熠熠闪烁的铜牌背后，都有一段碧血丹心、可歌可泣的动人故事。他们用生命的亮色唱出了一支悲壮之歌。

　　长墙右端的主碑上"刑警之魂"四个遒劲洒脱、金光闪闪的大字是著名书法家柳龙墨迹。纪念墙背面刻着警界才子黄石撰写的一段碑文：

　　　　刑警803，上海公安之先锋，申城罪恶的掘墓人。

　　　　上海公安刑侦工作半个世纪以来的发展史是一个申城刑警为之"团结、拼搏、奉献、奋进"的奋斗史。抚今追昔，峥嵘岁月，五十年风雨历程，多少"凶暴流毒盗抢奸诈"的大要疑难案件被一一侦破，辉映无数忠诚于党的

为东方福尔摩斯塑像

公安刑侦事业，呕心沥血，殚精竭虑，奉献毕生的刑警英姿。

斯人已逝，风范长存。感怀前辈，德泽后人。

为上海公安刑侦事业前赴后继、贡献身心而长眠的刑侦干警，永垂不朽。

一九九八年初冬铭立

刑警纪念墙前方的那块黑色大理石是江南名探端木宏峪的墓碑，上嵌端木宏峪面容凝重、手捏香烟的照片，同时还有老侦查员黄石先生撰文、著名书法家高式熊书写的碑文。

凝望着壮美的刑警之魂纪念墙，我猛然恍悟，天地间之大美，不是豪宅雕楼，亦非仿造的亭台楼阁，而是这类凝聚着一种人格精华的建筑。于无声处，我真切地感受到了一种撼心动魄的力量，崇敬之情油然而生。

熠熠生辉的肩上警花

——访 99 式警衔设计者葛冬冬

一次偶然的机会，认识了《档案春秋》的美术编辑葛冬冬，有人向我介绍说："别看他年轻，你们警察的警衔是他设计的。"我听罢眼睛一亮，见这位美编 40 来岁，体形骨感，戴副秀琅架眼镜，颇有书卷气。我笑着问："我们 200 万警察佩戴的警衔真是你设计的？"他谦虚地说："那是十多年前，我在上海徽章厂的事了，已经翻过去了。"我认真地说："这么大的成果，怎么能翻过去呢？"于是，我留下了他的电话号码，准备采访这位警衔设计的有功之臣。

警衔制的确定和发展历程

采访葛冬冬之前，我查阅了一下开国大典后，中国实行警衔制的发展历程。

设计警衔

警衔是区分人民警察等级、表明人民警察身份的称号和标志，是国家给予人民警察的荣誉。建国初期，新成立的政府曾酝酿过在人民警察中实行警衔制。1949 年 12 月 12 日，公安部与财政部发文要在警察机关实行 2 等 6 级的警衔制。但由于当时警察队伍刚组建，时机尚未成熟，因而搁置了起来。

1956 年，公安部起草了《人民警察条例》和《人民警察警衔条例》，当时政务院全体会议通过后并提交到全国人大常委会审议，但由于有意见分歧，此项议案被撤了下来。

1983 年 11 月，改革开放之初，公安部向中共中央及国务院提出了在人民警察中实行警衔制的请示，1984 年 2 月，中共中央总书记胡耀邦主持中共中央书记处会议听取了公安部的汇报。由于考虑到军队尚未实行军衔制，决定在军队实行军衔制后，再实行警衔制。

1988 年 6 月 27 日，国务院总理办公会议和 9 月 24 日中央领导听取公安部汇报后，原则上同意人民警察实行警衔制度，并责成公安部和人事部提出具体方案，报国务院审批。至此，在人民警察中实行警衔制被确定下来。

1992 年 7 月 1 日，七届全国人大常委会第 26 次会议审议通过了《中华人民共和国人民警察警衔条例》，自公布之日起施行。《警衔条例》按照"人民警察是武装性质的国家治安行政力量"的规定，认为实行警衔制度的警察应为目前在编在职的人员，共约 130 万人。其中包括：公安机关的人民警察 76 万余人；公安机关派驻在铁道、交通、民航、林业等部门的人民警察 20 余万人；司法行政机关劳改部门的人民警察 28 万余人；国家安全机关的有关人员约 3 万人；法院、检察院的司法警察 2 万余人。

1992 年 12 月 12 日，国务院向人民警察授予警衔，这是中华人民共和国成立以来首次授予人民警察警衔。中华人民共和国人民警察实行警监、警督、警司、警员的警衔制度。中国警衔设五等十三级，即总警监、副总警监；警监 (一级、二级、三级)；警督 (一级、二级、三级)；警司 (一级、二级、三级)；警员 (一级、二级)。

92 式警衔为墨绿色牌子，警监为金色六角星，警督为金色四角星，警司为金色三角星，警员为光牌；95 式警衔统一为金色四角星，增加了条杠；99 式警衔牌子统一为黑色，四角星改为警花，颜色为银色，警监的条杠改为弯曲的稻穗，见习学员和学员改为三角杠。

他随手在火车票上设计图案

葛冬冬系上海人，1974 年生人。他从小就喜欢绘画，孩提时代，他就喜欢在白纸上随意乱涂，父母亲见他一画就是半天，感到他听话不调皮，也颇为支持他画画，买了许多绘画书和画笔。上学后，因为他在作业本上随便涂鸦，影响了听课和学习成绩，被老师认为是个没有出息的平庸学生。

按照数理化的学习成绩，葛冬冬也许算个平庸者，他没有考上大学，而是按照自己的兴趣考上了行知艺术示范学校，算是职业中专，从丑小鸭却成了小天鹅。因为他喜欢绘画，绘画成绩名列前茅，毕业后又顺利地考取了大专，最后考取了华东师大艺术系。1994 年 8 月，葛冬冬本科毕业后，被分配到专业对口的上海徽章厂设计室。因专业对路，加上自己的爱好，葛冬冬如鱼得水，设计的样品屡屡被采用，一年后，被任命为设计室主任。

1997 年冬天，厂里收到了公安部征集 99 式警徽、警衔图样通知。公司蒋董事长来到厂设计室，对葛冬冬说："你们可以试试，为公司争光，为公司创效益。"

葛冬冬接到董事长交办的任务后，随厂里的销售员小胡一起来到公安部保障局装备处参加了竞标，程胜军处长主持召开了警徽、警衔征集图样的通气会。参加会议的有北京、上海、天津和广东，以及深圳十多家生产徽章厂家和设计公司的设计师。许多设计师已是成绩斐然的老前辈，他们的作品闻名遐迩。葛冬冬只有 23 岁，是其中年龄最轻者。

程处长是位女同志，北方人，个子比葛冬冬还高，她操着标准的京腔提出了设计警衔图样的三个原则：一是不能与军队重叠，二是不要出现五角星，三是要有装饰性，不要太平面。

开完会，葛冬冬与小胡一起乘坐 K13 次列车返沪，列车夕发朝至。葛冬冬躺在卧铺上随着列车的节奏冥思苦想。清晨醒来，他坐在卧铺上闲着没事，便取出会议上发的香港警衔上的紫荆花造型的警花，反复琢磨。看了许久，葛冬冬有了灵感，他想记录下来，但一时找不到纸张，便掏出卧铺票，在上面涂鸦了起来。香港的紫荆花里面是五角星，葛冬冬根据程处长提出的三原则画了几个四角星的图案，正投入其中时，广播里突然传来了列车抵达终点站上海的声音，葛冬冬无奈收起车票，随着人流涌出了火车站。

第二天下午，与女朋友约会时，葛冬冬向她讲起了自己手上正在做的一件重要事情，"炫耀"去北京开会的情况后，葛冬冬用手捂着嘴，对女朋友神秘地说："公安部领导要求，没有确定之前，不要对外传，到此为止，你千万不要对外说。"说罢，他还掏出卧铺票，指着上面涂鸦的星星给她看，女朋友是他华东师大美术系的同学，对美术也是内行。她看了葛冬冬画的几个草图，指着边上的一个警花造型说："这个可以，但没有效果，你不是擅长电脑吗，干脆设计个效果图出来，这样投稿更容易被选中。"

被女友如此一点拨，葛冬冬脑洞大开。他来了兴趣，第二天周日，他凭着一股激情，来到办公室加班，打开电脑开始制作效果图。模仿香港紫荆花造型，改变为四方形造型，制作了侧面图与平面图，四角形中间四颗星，意为保四方平安。一共设计了三套造型，一套金色的，二套银色的。

打印出造型效果图后，葛冬冬又骑着自行车来到女朋友家，请她挑选。女朋友看后说："各有特点，也不知道公安部喜欢哪个，你干脆将三套造型图样全部寄给公安部，让他们挑选。"葛冬冬感到言之有理。女朋友开玩笑说："如果一旦中奖被采用了，也有我的一份功劳，到时你打算怎么谢我？"葛冬冬大言不惭地说："真的一旦中奖被采用，我就给你一个吻。"说罢给了女友一个飞吻。

他设计的图样意外中奖并被采用

葛冬冬寄出设计的三个警衔造型图样后，感到完成了董事长交办的一项任务，也没有奢望中奖，更没有梦想被采用。因为他赴会时听说许多设计师设计过各种徽章和标记，有些是尽人皆知的商品标记和行业徽章，在高手如林的竞争下，葛冬冬也没抱多大的希望，投出征稿后，也就忘了。

没想到一个多月后，与他同去北京开会的销售员小胡来到设计室，见了葛冬冬双手作揖地恭喜道："冬冬，你设计的作品中了一等奖。"葛冬冬一时不敢相信，将信将疑地问："真的吗？那么多高手参加，我能中奖？"小胡夸奖道："我也没想到，听程处长说，上海送来的作品获得了一等奖，这是很不容易的。他们邀请了中央工艺美术学校的教授和韩美林等专家评选，经过讨论和投票，你的作品获得了一等奖，又经过贾春旺部长等领导的同意，决定采用一等奖作品。"

葛冬冬一听经过这么多专家和公安部领导的挑选和首肯，可谓过五关、斩六将，他还有点不相信自己的耳朵。小胡开玩笑说："你得请客。"葛冬冬慷慨地说："没问题！我叫上女朋友一起请你吃饭。"小胡笑着说："应该是我请你吃饭，因为你的作品被采用，我们厂里的生产任务就来了，到时警衔产品来不及做，听说全国有130万警察，每位警察有春秋装、冬装和夏装，我算了一下，要做数百万枚警衔，我们搞大了，厂里一定会重奖你的。"

1998年春天，公安部又请葛冬冬赴北京继续设计总警监、副总警监的警衔造型。葛冬冬兴致勃勃地来到公安部大院，程处长寄予厚望地说："全国总警监和副总警监只有20多人，你一定要设计得美观一点，另外再设计一下见习警察和学员的标记。"葛冬冬也没感到有多难，欣然应允。程处长派人安排葛冬冬住在铁狮子胡同，请他住下来安心设计。

葛冬冬躲在小房间里，除了吃饭和睡觉，便一头扎进了设计之中。他先设计了警花外圈是长城图案，意为警察是钢铁长城。第二天兴致勃勃地给程处长及部下过目，他们摇头表示不满意，因为长城与解放军容易混淆。葛冬冬苦苦思索，

熠熠生辉的肩上警花

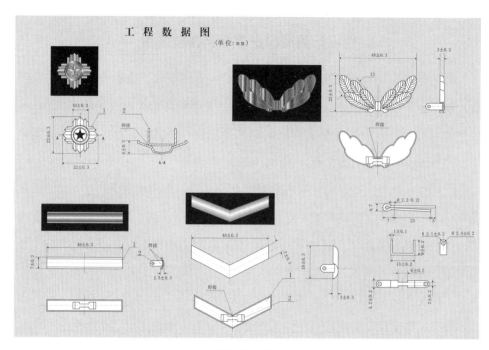

警衔数据图

睡梦中醒来，突然来了灵感，倏地爬起来，扭亮台灯，赶紧画出外圈为盾牌的草图。第二天早晨，满怀希望地拿去给他们看，还是摇头否定，因为盾牌太大路，也不美观。就这样反反复复设计了四稿，程处长和公安部的领导依然不满意。

葛冬冬没想到这次设计如此不顺，有时你认为不难，却怎么也达不到应有的效果，陷在里面出不来。两个星期后，葛冬冬终于撑不住了，他犹豫地对程处长说："可能在纸上画图效果不好，这里也没有电脑，我还是回上海去设计，采用电脑做出的造型效果图可能直观好看一点。"程处长表示理解，同意他回上海冷静地构思一下。

回到上海后，葛冬冬还是以港澳的警衔模式为蓝本，因港澳警衔系英式系列，有立体感、起伏感，既庄重又显大气。葛冬冬不能死板地抄袭，在模仿的基础上，要有所创新。他整天沉溺在警衔艺术的构思之中，从设计室到图书室，来回奔波，度过了无数个不眠之夜。

与开模师傅讨论试样警衔

查看警衔试制样品

　　　　　　　　　　　　　熠熠生辉的肩上警花

第一次设计的盾牌里面是四角星，外围是长城，送过去审稿，遭遇滑铁卢。第二次构思，盾牌里面是四角星，外圈是稻穗，再赴京城审稿，上下满意了，但是还不够完美。第三次设计，根据专家的意见，盾牌里面，上面是警花，下面为盾牌，外圈是稻穗，第三次送审，谢天谢地，终于 OK! 同时，葛冬冬设计的见习学员和学员是三角杠杠，也一次通过。

葛冬冬回到上海，带回了顺利通过所有警衔造型设计的消息后，公司和全厂上下欢欣鼓舞。负责生产的蔡厂长亲自抓模型生产，压模、冲压、刨光、涂层等工艺，一次成型。蔡厂长带上葛冬冬和销售员小胡等人一起赴京送样品。装备处程处长等人看后，感觉上海的工艺可谓一流，只是模型上的涂层是锌，这类高光的缺点就是在阳光下闪闪发光，太刺眼；而深圳送去的模型是引进外国的工艺，模型很精致，上面涂了亚光涂料，既闪光，又不刺眼。程处长根据质量要求打算将警衔和警徽的生产任务交给深圳一家公司。

蔡厂长听到装备处程处长的这个想法后，心有不甘，眼看着这么大一笔产品将花落别处，深感可惜。他赶紧组织技术员攻坚克难，进行反复改进，给模型涂镍，甚至采用不锈钢材料，但都不如深圳公司的特殊涂料到位。蔡厂长带领团队赶到深圳，与有关公司合作，警花毛坯上涂铬，终于攻克了技术难题。他又派葛冬冬出马赴京游说，最后争取了一百多万枚警衔生产指标。

2000 年 10 月 1 日，全国的人民警察开始统一佩带 99 式警衔执法。

2000 年 4 月，葛冬冬又参加了全国劳动模范和全国先进工作者奖章的设计竞标。中央美院、设计制作解放军奖章、功勋章的天津 3522 厂、上海工艺美校等十多家单位的设计者参加了竞标。葛冬冬是初生之犊不畏虎，他认真查阅了历届全国劳模奖章的设计图样和背景材料，抓住"新世纪第一枚全国劳动模范奖章"的时代特征，针对科教兴国的大背景，设计出了两套以工人、农民和知识分子为代表的图样，图样简洁、美观，具有浓郁的时代特征，一举中标。

1994 年 8 月，葛冬冬大学毕业进入上海徽章厂 6 年时间里，共设计了 18 件作品，被各方采用，尤其是 1999 年 4 月设计的警衔、2000 年 4 月设计的全国劳动模范奖章，使其成为奖章设计领域里的一匹黑马。故此，他先后获得上海市"青年岗位能手""上海市劳动模范"等多项荣誉称号。2000年5月，中央电视台采访他的专题片，在中央一套"焦点访谈"、二套和四套东方时空等栏目播出；上海人民广播电台990千赫新闻频道进行了报道；《工人日报》《青年报》《劳动报》等报刊也分别进行了采访和报道。

　　采访毕，葛冬冬提出能否让我穿上警服与他合影，我欣然应允。葛冬冬望着照片感慨地说："其实，你穿警服更漂亮，警服才是你最美的名牌。"我接过他的话："肩上的警花是名牌的标记。"

作者身着99式警服照片

片警为陈冲平息"恋爱"风波

一

以扮演"小花"而一举成名的陈冲，上世纪 80 年代孤身一人去美国好莱坞闯荡。经过几年苦苦求索，总算在美国站稳了脚跟，在影视圈获得了一席之地。

一部《末代皇帝》使美国影视界对这位中国演员刮目相看。之后，陈冲又在《英雄之血》里扮演女主角武士。影片虽一般，但演技派皇后梅里尔·斯特里普却对陈冲的表演颇为赞赏。后来陈冲又拍《龟滩》，扮演了一个堕落女人，其精彩的表演挽救了这部电影。由奥列费·斯通拍摄的《天堂与大帝》也特邀陈冲出演一位越南少女，从 30 岁演到 70 岁，经历无比坎坷。陈冲在事业上不仅获得了成功，而且婚姻也颇为得意。丈夫是加州大学洛杉矶分校以第一名成绩取得医学博士学位的中国人许彼得，在旧金山与 3 位医生合开一家私人诊所。

陈冲在美国与许彼得结为伉俪的消息，已在报上披露。不过，80 年代，她还

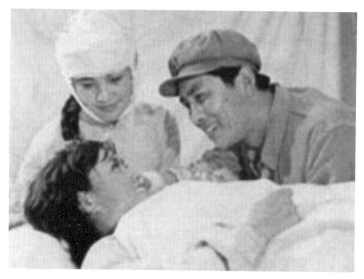

陈冲扮演的小花

有一段特殊的"恋爱风波"却鲜为人知。

一天，陈冲家传来一阵敲门声，陈冲的外婆步履蹒跚地来到门前，警觉地问："谁？"

门外安静了片刻，又传来发颤的声音："请问这是陈冲老师的家吗？我是徐州来的。"

陈冲的外婆听说是徐州来人，搜肠刮肚思忖了片刻，也想不出徐州有什么熟人和亲戚，揣度肯定又是上门纠缠的陈冲电影迷，便打发道："陈冲到外地拍电影去了。"

徐州青年扫兴地离开陈家，漫无目标地在弄堂里徘徊。这次他东凑西借了一点盘缠，充满喜悦和兴奋之情赶到上海，想一睹心中偶像的风采，未料这么倒霉，陈冲却到外地拍片去了。他从兴奋的峰巅蓦地坠入了深渊。

当他来到拐角处，真是老天有眼，自己朝思暮想的陈冲不就在眼前吗？徐州青年有点不相信自己的眼睛，揉了揉眼睛凝神再看，是她，是"妹妹找哥泪花流"中的小花！他激动地一溜小跑追上去，忘情地喊道："陈冲老师，陈冲老师！"

突如其来的喊声使陈冲吓了一跳，她回眸一瞅，见是一位身着蓝色中山装的陌生人，于是撒腿就跑，赶紧敲开家门扑了进去，又把门反锁上。

"陈老师，陈老师，我是从徐州来的。"

门内，陈冲的心在"咚咚"直跳；门外，敲门声急促而胆怯。

"陈老师，您难道忘了，我就是天天给您写信的陈建华，您给我回过信难道你忘了？"

自从扮演小花一举成名后，陈冲每天收到全国各地热情观众的来信，一叠叠来信，令她目不暇接，她脑子里根本没有时间去记住这些素不相识的名字。

时间过去了一个小时又一个小时，下午3点多钟，陈冲的外婆听听外面确实没有动静之后，打开门下楼去取信，未料，陌生青年还坐在楼道口，吓得老太太赶紧锁上门，气喘吁吁地赶到湖南路派出所向值班民警求援。

老太太向值班民警老王反映："民警同志，快到我家去，有个外地男青年在我家门外，怎么也不肯走，一定要与我外孙女陈冲谈谈。望你们去一趟，把他弄走。"

值班民警老王苦笑道："这种事民警很难插手，人家电影迷慕名大老远赶来，要求与心中的偶像谈一下，签个名，也属正常事，并不违法，我们凭什么赶人家走呢？"

老太太解释说："他从上午8点多一直到现在还不走，陈冲晚上还要去拍片，被他这么缠着，影响了拍片怎么办？民警同志，麻烦你们跑一趟。"

老王喊出了分管的户籍警小李，请他帮助陈冲外婆解决此事。

小李听完陈冲外婆反映的事情后，感到影迷如此胡搅蛮缠确实太过分了，便随之上门劝说。

二

小李来到陈冲家门口，果然见一位身着蓝色中山装、穿黑裤子、圆口鞋、梳着三七开小分头的男青年正恭候在门口，他背着一只黄色军用包，长得挺斯文。

小李上前客气地问："你是什么地方来的？"

对方见民警后，站起身来，坦然地答："我是从徐州来的。"

小李追问："来找陈冲干啥？"

小分头嗫嚅道："俺看了陈冲演的电影，很崇拜她，只是想亲眼见见她，谈谈对她电影的观后感。"

小李见来者已等了七八个小时，得知他午饭也没吃，非常虔诚，着实被他的执著精神所感动，便对陈冲的外婆说："人家的要求并不过分，让陈冲见见他吧，随便与他聊几句，了却人家影迷的一桩心愿。"

陈冲剧照

小李随后又跟着陈冲的外婆一道走进房内，劝说陈冲："人家千里迢迢地赶来，你也不妨见见面，签个名。这对你也许无所谓，对他却是一件终生荣幸的大事。你看行不行？"

　　陈冲像小孩似地笑着说："不是我不愿见他，阿拉不相识的，总有点吓佬佬。"

　　小李鼓励她说："我坐在边上陪着你，你可以放心了，好不好？"

　　陈冲总算点点头同意了。

　　当男青年听说要见到心中的偶像陈冲时，可怜巴巴的脸上突然绽出了笑容，他下意识地捋了下三七分头，整整衣服，扣好风纪扣。进屋后他凝视着陈冲，也不敢擅自坐下，愣愣地站着。

　　陈冲客气地端来一杯茶时，他受宠若惊，双手颤抖地去接杯子，结果用力过猛洒了一身水，湿漉漉的双手直往裤子上揩，一迭声地说："对不起，对不起。"

　　陈冲笑着问："找我有什么事？"

　　男青年坐在沙发的边角，也不敢答话，慢慢地从军用书包里拿出一厚叠稿纸，颤抖地递给陈冲，喃喃地说："这是我写的关于对发展马克思主义的几点思考，请陈老师指教。"

　　陈冲好奇地接过稿纸，粗粗地翻了几页，为难地说："这方面我不懂，你还是去请教大学里老师吧。"

　　男青年惊诧地说："陈老师不要客气，你这么有文化，肯定精通马克思主义。"

　　陈冲被窘得无奈，一时答不上话。

　　小李从陈冲手上接过稿纸一瞅，发现他的字写得很潇洒、很漂亮，粗粗翻了一下，内容主要是对资本主义经济危机、剩余价值等问题的再认识，便劝他道："陈冲是拍电影的，如果要讲表演方面的知识，她还可以谈一下，满足你的要求。但她不是专门研究马克思主义政治经济学的，你应该到社会科学院，或者大学里去请教这方面专业的教师。"

　　　　　　　　　　　　　　　　片警为陈冲平息"恋爱"风波

徐州青年似有所悟，收回文稿，大失所望地坐着不知如何是好。在小李再三劝说下，他只得站起来依依不舍地离去。

三

第二天清晨，陈冲外婆提着菜篮子去买菜，一开门，见那位男青年又坐在楼道里，双腿弯着，头伏在手上。陈冲外婆吓了一跳，蹑手蹑脚从他身边走过，疾步赶到派出所，见到民警小李，如遇救星："昨天那个徐州人还没走，早晨我去买菜，开门见他伏在地上睡着了，大概在走廊里等了一晚上，吓得我不敢回家了。"

小李听罢，感到此人太过分了，立马随陈冲外婆前往。小李拍醒坐在走廊里睡觉的徐州青年，严肃地把他请到派出所去。徐州青年倒也听话，随着小李来到派出所。

小李警告他道："你再这样骚扰别人，可别怪我不客气。从现在开始，不准你再去陈冲家门口纠缠！"

谁知那男青年这回却一点也不怕，振振有词地说："这属于我个人的私事，你们民警凭什么干涉别人的自由恋爱？"

小李听罢，一时丈二和尚摸不着头脑，这会儿怎么陈冲又与他谈起恋爱来了？

小李责问他："你凭什么说陈冲与你谈恋爱了？"

徐州青年从军用书包内取出一个塑料袋，小心翼翼地取出了"证据"，理直气壮地说："这是陈冲亲自给我写的信。"

小李接过"证据"一看，咳！原来是一封礼节性的回函，除了对观众的厚爱和赞美表示感谢外，希望这位影迷以后不要天天来信了。信封上留下了真实地址，结果徐州青年自作多情，以为大明星回信就是对自己有意，于是"按图索骥"，来到上海找到了自己一厢情愿的"恋人"。

小李阅罢信函捧腹大笑，摇头说："这是人家出于礼貌给你的回信，你怎么理解成情书呢？"小李接着吓唬他道，"你如果再去她家胡搅蛮缠，我真的对你不客气了，关你起来。"

徐州青年沉默不语，小李劝导了一番，便让他走了，他灰心丧气地离开了派出所。未料一小时后，老太太又气喘吁吁地找到小李，满脸愤怒和无奈地说："那个年轻人又找上门来了，民警同志，你看怎么办？我们被他搞得无法正常生活了。"

经过几次耐心劝说都无效的情况下，小李请示了所长，特意帮徐州青年买了张回徐州的火车票，强行将他送上了火车。

四

小李疲惫不堪地回到派出所，心想这下事情总算可以结束了。可没过多久，走火入魔的徐州青年又来到陈冲家纠缠了。

当小李听说徐州青年又从徐州赶来时，感到这已经不是一般性的崇拜明星的行为，简直是胡搅蛮缠。他严重地干扰了公民的正常生活，属于私闯民宅，于是根据治安管理处罚条例，办理了治安拘留手续，把这个固执的"花痴"拘留了起来。10天过后，小李不敢怠慢，又亲自赶到遣送站，将其押回徐州。

随后，小李又与徐州市公安局当地派出所取得联系，说明情况后，得到了当地派出所户籍警的鼎力协助，这场"恋爱风波"才算平息下去。

图书在版编目(CIP)数据

海上警事/李动著.—上海:上海书店出版社,
2017.7
　ISBN 978 - 7 - 5458 - 1520 - 7

　Ⅰ.①海… 　Ⅱ.①李… 　Ⅲ.①报告文学-作品集-中国-当代 　Ⅳ.①I25

中国版本图书馆 CIP 数据核字(2017)第 169794 号

海上警事

著　　者　李　动
责任编辑　杨柏伟　邢　侠
绘图题签　罗希贤
封面设计　罗　一
技术编辑　丁　多
出　　版　上海世纪出版股份有限公司上海书店出版社
发　　行　上海世纪出版股份有限公司发行中心
地　　址　200001　上海福建中路 193 号
　　　　　www.ewen.co　　www.shsd.com.cn
印　　刷　上海展强印刷有限公司
开　　本　710×1000　1/16
印　　张　10
版　　次　2017 年 7 月第一版
印　　次　2017 年 7 月第一次印刷
书　　号　ISBN 978 - 7 - 5458 - 1520 - 7/I.401
定　　价　35.00 元